W0364211

L'edat del despertar

grumets

Àngel Burgas

L'edat del despertar

Tercer trimestre del club de la cistella

laGalera

Primera edició: gener del 2012
Segona impressió: novembre del 2012

Disseny de la col·lecció: Mariano Rolando
Realització de la coberta: Mariano Rolando
Fotografia de la coberta: Àngels Farré
Maquetació: Marquès, SL
Fotografia de l'autor: Antònia Gázquez

Edició: David Monserrat
Coordinació editorial: Anna Pérez i Mir
Direcció editorial: Iolanda Batallé Prats

© 2012 Àngel Burgas, del text
© 2011 La Galera, SAU Editorial, de l'edició en llengua catalana

Drets cedits a través de Silvia Bastos, SL Agencia literaria

La Galera, SAU Editorial
Josep Pla, 95. 08019 Barcelona
www.lagalera.cat
lagalera@grec.cat

Imprès a Limpergraf SL
Mogoda, 29-31 Polig. Ind. Can Salvatella
08210 Barberà del Vallès

Dipòsit Legal: B-290-2012
Imprès a la UE
ISBN: 978-84-246-3721-7

Qualsevol mena de reproducció, distribució, comunicació pública o transformació d'aquesta obra resta rigorosament prohibida i estarà sotmesa a les sancions establertes per la llei. L'editor faculta el CEDRO (Centre Espanyol de Drets Reprogràfics, www.cedro.org) perquè n'autoritzi la fotocòpia o l'escaneig d'algun fragment a les persones que hi estiguin interessades.

Índex

Per a l'Emma Peral i Gifre, que ja
ha despertat i està fent l'ESO.

I un agraïment per a l'Arnau, la Marina,
l'Adriana i la Júlia, que s'han llançat al club.

Teràpia de xoc

A l'hora del pati, després de les dues primeres classes, la Marga em va anunciar que la Maëlle, la seva professora favorita, estava embarassada.

—T'ho ha dit ella? —li vaig preguntar.

—No, és clar que no. Però estava estranya i de seguida m'he fixat en la brusa que du. És una brusa premamà. Se l'ha posada per dissimular el ventre inflat.

Li vaig demanar per què hauria de voler dissimular una cosa tan natural i agradable. La Marga em va dir que potser no ho volia fer públic.

—A tu t'agradaria ser mare, Martina? A mi m'encantaria.

—Potser és una mica massa aviat per pensar-hi, no et sembla?

—*Mi primita Daysi tuvo a su bebito con quince años, los mismos que voy a cumplir yo el mes que viene.*

La Pajarica ens espera sempre al passadís de la primera planta, on hi ha l'aula de primer d'ESO, el nostre curs, però no pas l'aula de tercer d'ESO, la seva, que és a la planta baixa. La Pajarica, que en realitat es diu Vanesa Carranza Hipólita, cada migdia puja una planta per venir-nos a buscar i després la torna a baixar, perquè el pati és a la planta baixa. La nena fa una ruta innecessària: puja i baixa escales per a res. Però la Vane té una manera de funcionar diferent de la resta de persones. No hi ha manera de fer-li entendre que ens podria esperar a la porta d'accés al pati, per exemple; que no cal fer una excursió absurda per recollir-nos. «*Me da igual. Así hago ejercicio*», diu ella. Els raonaments de la Vane descol·loquen una mica, però val més acostumar-s'hi. La Marga diu que potser és la lògica dels països d'Amèrica Central (la Vane és de l'Equador), però jo estic convençuda que ho fa per no sortir sola al pati. O millor encara: perquè la gent vegi que no surt sola al pati, sinó amb amigues. Des que va arribar a l'escola, la Marga i jo som les primeres «amigues» que té. I ho dic així, entre cometes.

—Doncs no intentis imitar la teva cosina, Vane, que primer has d'acabar l'ESO.

—*Ya lo sé. Ni el Àlex ni yo estamos preparados para ser padres* —va dir.

La Vane, des que pertany de ple dret al nostre club, ha fet un avenç important a l'hora de pronunciar paraules i vèncer la timidesa. Fins fa tres mesos, el seu rècord eren quatre paraules seguides. Ara que s'ha envalentit i se sent segura dins de la colla, xerra pels colzes i els nois de vegades l'han de fer callar de males maneres, perquè diuen que els posa el cap com un timbal. El més negatiu i crític amb el comportament loquaç de la Pajarica és l'Àlex, el que, segons ella, hauria de ser el pare del seu futur fillet. L'Àlex no la suporta. Ni la veu, ni el físic, ni res. L'odia, per dir-ho ras i curt. Abans de les vacances de Setmana Santa, l'Àlex va haver de sacrificar-se per la colla i simular que volia sortir amb la Pajarica per esbrinar una qüestió important. Quan això es va resoldre, li vam dir que tot era una mentida, que l'Àlex no volia sortir amb ella, que s'havia tractat d'una estratègia per ajudar-nos. Però ella no s'ho va creure, i el cas és que, des d'aleshores, la Vane està segura que l'Àlex li tornarà a demanar per sortir, es convertiran en enamorats i es casaran i tindran fills. En fi!

Com cada dia a l'hora del pati, l'Àlex i els altres ens esperaven sota la cistella de bàsquet de la pista d'esports. Els altres alumnes de l'escola jugaven a futbol, es reunien als bancs de fusta que hi ha al davant de la cuina, o feien grupets aquí i allà per parlar de les seves coses, escoltar música a l'Ipod amb un sol auricular a l'orella (l'altra l'havien de tenir lliure per escoltar les converses i poder-hi participar), i els més grans i trapelles provaven d'encendre un cigarret i fer un parell de pipades d'amagat dels professors encarregats de vigilar el pati. Nosaltres, però, ens reuníem sota la cistella i valoràvem la situació general. La meva germana havia estat alumna de l'escola feia molts anys, i havia fundat un club que lluitava contra les injustícies que es cometien dins de la comunitat escolar. Aquesta, de fet, era la intenció que ens havia engrescat a unir-nos: reactivar el club de la meva germana i convertir-nos en la segona generació de lluitadors contra tot allò que no estava bé. Ho havíem aconseguit? Doncs més aviat no. Però no deixàvem d'intentar-ho.

Des de la seva creació a principis d'octubre, el nostre club havia patit alguns canvis, com ara la incorporació de la Marga, la meva millor amiga, que havia arribat després de Nadal i ara s'havia convertit en la presidenta, o alguna cosa així. La Marga és atractiva, intel·ligent, ràpida, sociable i atrevida. Totes les condicions que ha de tenir una presidenta. Aquest càrrec, de fet, em pertocaria a mi, que vaig ser la que va tenir la idea de fundar el club i que sóc la germana (la sang és la sang) d'una de les representants del club original. Però tots els adjectius que he regalat a la Marga per descriure-la no es podrien aplicar amb tanta convicció a la meva persona. Això és, si més no, el que opinen els nois.

Els nois del nostre club són sis. Les noies, tres. Bé, tres i mitja. I dic «mitja» perquè l'Assump, que és la incorporació més recent, hi és i no hi és. Al·lucinantment, l'Assump, una nena apocada que pertanyia fins el trimestre passat al grup de les nenes apocades i aturades de l'escola, s'havia enamorat d'en Jerry, un dels bessons del nostre club. Insisteixo: al·lucinantment. Com en Jerry podia enamorar-se d'aquella pàmfila perepunyetes i ridícula? La meva mare ho diu sempre: «l'amor és cec». Cec i idiota, pensem nosaltres. En Jerry és treballador, llest i actiu; potser no tant com el seu germà Tom, però molt més que l'Assump, que viu en un món de fantasia on tothom és bo i tothom sent pena pels desvalguts. Segons l'Assump, cada persona és, de natural, una mena d'ONG amb potes. En Tom opina que ella i la seva millor amiga, la Lourdes, són unes monges adolescents i modernes. Les mongetes, que tenen la seva legió de nenes apocades i bledes a les quals protegeixen, també tenen el seu costat fosc, i jo que les conec bé (la meva mare és amiga íntima de la mare de l'Assump) sé que en realitat són dimonis ressentits disfressats d'àngels del cel. Especialment la Lourdes. Quin mal cor que té aquella bruixa! Per fora tot són somriures i misericòrdia, però per dins és més amarga que una ametlla amarga. I aquesta característica ha provocat que l'Assump encara no hagi dit a la seva millor amiga que s'ha enamorat d'en Jerry i que, com a consort, també forma part del club. Si la Lourdes sabés que l'Assump pensa abandonar-la per unir-se a nosaltres, crec que la mataria. No ho dic en sentit figurat: ho dic literalment. Per això, l'Assump és i no és amb nosaltres. Durant el pati prova de dissimular i continua asseguda al pedrís amb les seves amigues marginades i bledes. Evidentment, no deixa de mirar tota l'estona cap a la cistella, sota la qual hi ha el seu enamorat, que suporta amb paciència la doble personalitat de la seva xicota.

—Li hauries de dir que si vol formar part del club ha de venir aquí amb nosaltres —li diu sempre el seu germà—. No pot ser que sigui del club i que estigui allà amb les mongetes!

—La Lourdes no en sap res —al·lega en Jerry—. Si la Lourdes sabés que sortim junts...

Quan la Lourdes, posem per cas, va al lavabo a fer un pipí, o quan va a la cuina a buscar un entrepà, o va tota sola a recaptar nenes apocades que no tenen amics, l'Assump aprofita i ve corrents cap a la cistella. Xerra una mica amb nosaltres i amb el seu xicot, però de seguida que veu que l'altra torna al pedrís, ens abandona corrent com una esperitada per tornar amb ella.

—Aquesta nena acabarà malament —diu l'Iker—. Un dia el cor li farà un pet.

—*Por lo menos hace ejercicio. Como yo con las escaleras* —opina la Pajarica.

L'Iker és el company més escarransit. Va a la nostra classe (no com les mongetes, que totes dues fan segon d'ESO), però passaria perfectament per un nen de cinquè o sisè de primària. És allò que se'n diu carn de psiquiatre. L'Iker veu morts. Els veu com si fossin allà amb ell, com si els tingués a la vora. No són ben bé zombis, sinó més aviat morts que han mort de manera violenta. Morts sense un ull, o morts amb la closca esberlada, o morts als quals els falta un braç. Segons la família i el psicòleg, tot plegat és una manera de cridar l'atenció, i la causa del trastorn té arrels cinematogràfiques: d'una banda, la pel·lícula *El sisè sentit*, que la va veure a la tele i el va deixar trasbalsat de per vida. De l'altra, els centenars de pàgines web de cinema *gore* que va arribar a veure abans que els seus pares instal·lessin a l'ordinador de casa un codi de restricció infantil. Ara ja no pot veure segons què, però tots sabem que l'Iker es gasta un dineral en locutoris de xinesos. Abans d'anar al gimnàs (va a un gimnàs per accelerar l'estirada) i sortint del gimnàs, el nen entra al locutori, demana un ordinador i s'està una bona estona mirant tot allò que a casa no li permeten veure.

—Però el psicòleg t'ha dit que no ho miris! —l'escridassa en Tom, que és el més assenyat de la colla—. Els teus pares es gasten un munt d'euros en teràpies que no serveixen per a res! Si no fas el que et diuen, continuaràs veient morts tota la vida!

Però jo em penso que deu ser com un vici i que costa deixar-ho, igual que a un fumador li costa deixar de fumar, o a un jugador, deixar de jugar. L'Iker està enganxat a la sang i el fetge com a una droga. En Pau diu que li passarà amb l'edat i l'estirada; que quan es faci adolescent li interessaran altres temes i oblidarà els morts. Jo desitjo que quan creixi no s'aficioni a les pàgines de sexe, per exemple, perquè després veuria gent despullada fent marranades a tot arreu.

En Pau va a segon d'ESO, a la classe de les mongetes. Va arribar al col·le al mes de setembre. En Pau... bé, en Pau és... especial per a mi. Al primer trimestre em vaig enamorar una mica d'ell. Potser no va ser amor, sinó els efectes de la màgia negra que va fer l'àvia de la Pajarica perquè jo me n'enamorés. Aquella dona és mig bruixa, i en Pau li va demanar que li fes un conjur d'amor. Jo no crec en aquestes coses, però el cas és que des de llavors en Pau és... especial. És alt, està més desenvolupat que els seus companys. És simpàtic, alegre; té unes espatlles amples, com d'esportista. No sé com dir-ho, però en Pau té moltes coses que m'agraden. Bé, n'hi ha una que no: en Pau és una mica mongeta, com l'Assump i la Lourdes. Té una amiga de la seva classe, la Carla, que està sonada. Té trastorns psicològics com l'Iker, però sense veure morts. És una nena insegura, amb problemes a casa, amb dificultats de relació amb ella mateixa i amb els altres. És violenta. De fet, al final del trimestre passat em va agredir físicament i tot. I en Pau és de tan bona fe que, en lloc d'enviar-la a la merda, ens va proposar que l'acollíssim al club per ajudar-la. Tothom s'hi va negar, és clar. Aquella nena és un perill públic, i l'Àlex opina que només faltaria una altra sonada a la colla. Diu «una altra» perquè, segons ell, ja en tenim una, la Vane. En Pau va insistir, però tothom s'hi va negar. Tothom menys jo, que hauria de ser la més poc inclinada a tenir-la entre nosaltres, perquè al cap i a la fi és a mi a qui la nena va apallissar de mala manera. Però jo per en Pau faria qualsevol cosa, la veritat. I si ell pensa que ajudaríem la Carla deixant-la venir sota la cistella, doncs ja em sembla bé.

—Tu estàs tonta, nena! —em va dir en Tom—. Aquesta boja et va pegar! Com pots ser tan idiota? L'haurien de fer fora de l'escola! I tu acceptaries que vingués amb nosaltres! Que fos la nostra amiga! No hi ha qui t'entengui, Martina.

—Que se'n vagi amb les mongetes —va proposar en Harry Porker—. Elles són especialistes en casos perduts.

En Harry Porker en realitat es diu Adrià, però s'assembla molt, físicament, a l'actor que fa de Harry Potter a les pel·lícules. És igualet. La cara rodona, les ulleretes, el serrell. Amb una diferència: el nostre Harry és la persona més bruta i deixada del món. Les qüestions d'higiene no van amb ell. No li agrada dutxar-se, ni tallar-se les ungles, ni pentinar-se. No li agrada la roba neta. No li fa res anar amb taques a la samarreta, ni restes de Cola Cao als llavis. Quan es constipa és horrorós: al voltant del seu nas s'hi acumulen els mocs secs i formen nius. És repugnant. No sap què és un desodorant, per exemple. A l'hora d'educació física el fan canviar en una sala a part, lluny del vestuari dels nois. En tornar de Nadal es va produir un canvi en la seva personalitat fastigosa, perquè resulta que es va enamorar a través del messenger i va decidir que la seva xicota virtual, quan el conegués, valoraria que fos un nen net i arreglat i no una bossa de deixalles. Però això no va passar mai, i quan en Harry va saber que no hi havia res a fer, que la princesa virtual no seria mai seva, va tornar a ser el porc pudent de sempre. Però no va ser la impossibilitat de l'amor la cosa que el va fer desistir en el seu projecte de neteja, em penso jo, sinó la seva condició natural: en Harry ha nascut per ser un ésser fastigós. No n'hem parlat mai directament, però tots sabem que la princesa dels seus somnis era l'Assump, la mongeta de segon, i el seu gran aliat, el bessó Jerry, s'ha convertit en el lladre del seu tresor. Durant el pati i sota la cistella, els pocs moments que la nena pot escapar-se de la colla d'apocades i ens visita, en Harry fa com si no passés res, com si mai no hagués estat enamorat de l'Assump, com si en Jerry mai no li hagués pres la seva princesa somniada, i accepta amb resignació que les coses van com van i que no són necessaris més sacrificis d'higiene per conquerir una batalla que, d'entrada, té perduda.

—Quants dies fa que dus aquest jersei, Harry?

—li pregunta en Tom—. En aquesta taca immunda de quètxup ja comença a haver-hi fongs.

La Marga opina que tanta culpa té ell com la seva mare.

—A mi no em deixarien anar a escola amb un jersei tan brut. Jo em penso que la mare d'en Harry deu ser una porca com ell, i que la rentadora, si en tenen, deu estar rovellada de no fer-la servir.

La Marga va sempre arreglada i moderna. Va viure molts anys a París, perquè el seu pare és pilot i treballava a la companyia Air France. A principis d'any va canviar d'empresa i ara treballa a Ibèria, la companyia de vols espanyola. De les moltes coses que m'agraden de la Marga, n'hi ha una que destaca per sobre de les altres, i és precisament aquesta, que el seu pare sigui pilot d'avions. Jo, des de ben petita, he tingut una fallera amb això de l'aeronàutica. M'apassiona tot el que té a veure amb el món de l'aviació i mai no havia conegut un pilot en persona. Per Setmana Santa, el seu pare em va obsequiar amb una de les experiències més gratificants de la meva vida: ens va convidar, a la seva filla i a mi, a un vol Barcelona-Madrid, anar i tornar, amb visites a la cabina de comandament incloses. Va ser el dia més feliç que recordo! El pare de la Marga em va explicar com funcionaven tots els instruments i com controlava els aparells. Em va deixar llegir per megafonia l'informe de vol. *Manòmetres, compta-revolucions, amperímetres, llum de mapes, pedals del timó de direcció, regulador de mescla, brúixola magnètica...* totes aquestes paraules van quedar enregistrades per sempre més al meu cervell i em van convertir en la nena més agraïda del món. Quan vam arribar a l'aeroport de Barajas, a Madrid, no vam enllaçar de seguida amb el vol de tornada. Ens va dur a les dependències oficials de l'aeroport i a la sala VIP dels alts comandaments. Amb un microbús, ens va acompanyar a la torre de control per veure en directe la feina dels controladors a través dels vidres octogonals que envolten la torre. Jo era tota ulls i orelles, i em feia l'efecte que surava en un núvol tan dens com els que havíem creuat mentre solcàvem el cel. Els meus pares opinen que la meva afició malaltissa pels avions pot arribar a ser perillosa, i que hauria d'esforçar-me a gaudir de les coses habituals que agraden a les nenes de primer d'ESO en lloc de somiar ser un pirata del firmament. L'endemà d'aterrar a l'aeroport del Prat, els meus pares van convidar la Marga a passar el cap de setmana a la Garrotxa, a la casa de pagès que era de l'avi i que ara és nostra, però reconec que aquell Divendres Sant jo estava tan atabalada per l'experiència de volar que gairebé no vaig fer cas a la meva amiga ni vaig participar en les activitats que la mare havia preparat per entretenir-nos.

—Nena, Martina, aterra! —se'n reia el meu pare veient com jo caminava com un autòmat sense cervell per la Fageda d'en Jordà—. Hem convidat la Marga perquè estigueu juntes i us ho passeu bé, i tu sembla que encara no has baixat de l'avió!

A l'escola em diuen *Air Force One*, que és el nom de l'avió del president dels Estats Units. Al principi em rebentava que m'ho diguessin, però ja m'hi he acostumat. La Marga se'n fa càrrec, de la meva passió, perquè tota la vida l'ha passada al costat del seu pare, que és també un fanàtic de l'aeronàutica. La Marga diu que quan acabi els estudis obligatoris el seu pare farà mans i mànigues perquè m'admetin a la millor escola de pilots del món. Ella sí que m'entén i em respecta, i per això és la meva millor amiga i no m'imagino la vida sense ella al costat.

Qui tampoc no se la imagina sense la presència de la Marga és en Tom, un dels bessons. És el nen més llest de l'escola, sens dubte. Té les millors notes; presenta els millors treballs; fa les preguntes més intel·ligents i és capaç de parlar de temes de política i economia en l'àmbit internacional. Està al dia de la feina del Govern, de les evolucions de la borsa, de les intervencions de les ONG a tot el planeta. Llegeix la premsa, els suplements culturals dels diaris i les revistes de divulgació científica. En Tom és un adult en el cos d'un nen, i precisament això, aquesta deficiència natural, és el que darrerament l'amoïna. Es va quedar corprès de la Marga el primer dia que la va veure a l'escola, i d'ençà lluita amb totes les seves forces perquè la meva amiga es fixi en ell i, amb el temps, se n'enamori. El problema és que, d'entrada, la Marga és incapaç de distingir-lo del seu germà, en Jerry, perquè la veritat és que s'assemblen com dues gotes d'aigua. Els altres, que fa temps que compartim l'aula amb ells, hem après a identificar-los de seguida, però ella, que és nova, no sap mai qui és qui.

—Bon dia, Jerry! —el saluda la Marga.

—No sóc en Jerry. Sóc en Tom.

—Bon dia, Tom! —corregeix ella, sense immutar-se.

Però aquesta indiferència destrossa els nervis d'en Tom, que de seguida es queda ensopit i malhumorat, veient com ho té més difícil del que es pensava per cridar l'atenció de la filla del pilot.

—No em reconeix —es lamenta—. No sap ni qui sóc. Em menysté. Ni tan sols es fixa com m'esforço per diferenciar-me del meu germà. Durant la Setmana Santa vaig demanar a la meva àvia aragonesa que ens fes un jersei amb el nom de cadascú escrit a la pitrera, a veure si així li facilito la feina.

I la veritat és aquesta: des que va començar el segon trimestre, en Tom procura no assemblar-se al seu germà. Des de sempre, la seva mare els pentinava igual, els vestia igual, els comprava les mateixes ulleres. Era graciós veure'ls arribar a l'escola, un al costat de l'altre, com si fossin la mateixa persona repetida. Els professors els confonien sempre i s'equivocaven cada vegada que en cridaven un perquè sortís a la pissarra. Ara, però, en Tom lluita aferrissadament contra aquella mala jugada del destí i s'ha fet un tall de cabells nou, ha insistit als seus pares perquè li deixin posar lents de contacte en lloc d'ulleres, i es compra la roba en una botiga on no se la compra el seu germà. Tot i així, la Marga no l'encerta mai i sempre s'equivoca.

—Hola Jerry! T'ho ha dit el teu germà que ahir vam anar junts a la biblioteca? —li pregunta la Marga, riallera.

—No sóc en Jerry. Sóc en Tom. Ahir vas anar amb mi a la biblioteca —diu ell, amb un fil de veu.

Quan la noia fa «ui, perdona, no t'havia reconegut» i gira l'esquena, el pobre Tom tanca els ulls, nega amb el cap, i va a seure, esmaperdut, a la seva taula.

A la primera mitja hora de pati sota la cistella després de les vacances, vam parlar del possible embaràs de la professora de francès que havia descobert la Marga. Els nois no mostraven gens d'interès pel tema, i només l'Iker va fer una broma de mal gust sobre la manera com s'havia produït la fecundació. Homes! La Marga confiava que la Maëlle l'hi explicaria, ja que és la seva alumna preferida i no podia ser que li amagués una qüestió tan important. Va arribar a dir, cosa que va provocar la mofa de tots els altres, que vés a saber si fins i tot li demanaria de ser la padrina del nen o la nena que havia de néixer. A mi també em va semblar una idea absurda. Com li havia de demanar allò, la Maëlle? La Marga era només la seva alumna! És clar que sabia un munt de francès, però això no tenia cap mèrit, ja que havia viscut molts anys a París. D'aquí a pensar que la faria padrina del seu fill...

—I per què no? Ens estimem molt, la Maëlle i jo! M'oferiria a fer-li de cangur cada tarda. Duria el nen a passejar amb el cotxet i li canviaria els bolquers. No sé per què us fa tanta gràcia.

En Pau té una nebodeta. La seva germana és molt més gran que ell i ja s'ha casat i ha tingut un fill. Va dir que no havia canviat mai cap bolquer a la nena, i que no tenia el més mínim interès a fer-ho.

—És una pallissa de feina —va afegir—. No sé quina gràcia li veus en això de remenar la merda.

—Jo en conec un que potser s'hi aficionaria, oi Harry? —va apuntar l'Iker.

En Harry el va insultar, però no es va entendre res del que li deia perquè parlava amb la boca plena de pa amb xoriço, i una taca brillant i oliosa al voltant dels llavis. L'única que convivia amb germans petits a casa era la Pajarica, que en tenia tres, amb un dels quals compartia habitació.

—*Son pesados, pero muy monos. Lo que a mí me gustaría es tener un hijo, un bebé, como Maëlle. Mi primita Daysi tuvo...*

—*¡Cállate la boca, niña!* —la va interrompre l'Àlex, que no la suportava, i menys ara que parlava pels colzes—. Et vam posar *Pajarica* perquè semblaves un ocell que no piulava, però ara t'has convertit en un lloro!

—No teniu sentiments —es va queixar la Marga—. La maternitat és la millor cosa del món, i només d'escoltar-vos entenc el que sempre diu la meva tieta: que el fill és de la mare i que el pare és un element circumstancial.

—Això és una bajanada! —va saltar en Tom—. Els homes tenen el mateix dret que les dones a fer-se càrrec dels seus fills. Un fill és de tots dos! L'un i l'altre són imprescindibles! Jo dono suport als pares que demanen igualtat de condicions en el cas d'una separació; la custòdia sempre es dóna a la mare i el pobre pare s'ha de limitar a veure els seus fills quan toca per contracte.

—Doncs no prediques pas amb l'exemple! L'actitud que mostreu parlant de la maternitat ho demostra, Jerry —li va dir la Marga, equivocant-se, com sempre, de bessó—. No teniu sensibilitat, ni esperit maternal! Us foteu de tot. L'únic que us interessa és el moment puntual de la gestació! —I de seguida es va girar cap a mi—. No puc suportar aquesta incertesa, Martina. M'acompanyes a preguntar a la Maëlle si està prenyada?

Li vaig dir que no. I li vaig recomanar que no ho fes, que aquestes coses es diuen quan toca i quan la persona creu que és l'hora de dir-ho. Però la Marga, decebuda, es va allunyar de la cistella mostrant el seu desacord amb la nostra actitud.

—Aquesta nena és tonta —va dir l'Àlex.

—Qui està embarassada? La Marga? —va preguntar de cop i volta en Harry, que, com sempre, havia estat desconnectat de la conversa mentre devorava fastigosament el seu entrepà del migdia.

—Com ha d'estar embarassada la Marga, animal? —li vaig etzibar—. Tu no penses, nen! Tu vius en un altre planeta pudent, Harry! Com vols que la Marga estigui embarassada?

Vaig abandonar també la cistella, empipada amb els uns i amb els altres, renegant del club que ens entestàvem a formar. Com podia desitjar formar colla amb aquells personatges?

—*¿Puedo acompañarte, Martina?*

—*¡Ni se te ocurra!* —vaig escridassar la Pajarica sense ni tan sols mirar-la.

Començàvem bé el trimestre. Quines perspectives! Menyspreu, odi, incomprensió. En Pau no va mostrar la més mínima intenció de seguir-me ni va obrir la boca per donar-me la raó. En Pau es va quedar callat i quiet com un musclo. Quina colla d'impresentables.

Vaig passar per davant del pedrís on seien les nenes bledes capitanejades per l'Assump i la seva amiga.

—Per què no seus aquí amb nosaltres, Martina? Estem explicant anècdotes divertides de la Setmana Santa! —em va proposar la Lourdes.

—Doncs que bé —vaig murmurar.

—Fas cara d'enfadada. T'hem dit mil vegades que no et convé barrejar-te amb els nens aquells de la cistella. No fan per a tu, Martina —em va advertir—. El teu lloc és aquí amb nosaltres, que t'entenem i et donarem suport sempre. Oi nenes? Oi que la Martina és una de les nostres?

Mentre aquella tribu de sòmines feia que sí amb el cap, vaig observar l'Assump que, capbaixa, s'havia tornat vermella com un tomàquet.

—Aquells brètols no parlen de res interessant, i pretenen viure aventures ridícules. Mira-te'ls. Mira la fila que fan. El que veu morts, els Zipi i Zape, el fastigós, el malcarat... i la reina de la festa, la Vanesa. Quina una —deia la Lourdes, enumerant amb menyspreu els meus companys—. La Vane es va apartar de nosaltres quan li havíem donat tot l'amor i tota la comprensió que necessitava. És patètic que una nena com ella s'allunyi de les que volen ser amigues seves per anar-se'n amb aquella colla de...

—Vols fer el favor de callar, monja diabòlica? —la vaig escridassar, feta una fúria—. Vosaltres sí que feu pena!

Vaig marxar d'allí pitant. La Lourdes estava malament del cap, i tenia collada l'Assump. Potser havia d'haver aprofitat l'ocasió per anunciar-li que la seva millor amiga era una de nosaltres per molt que se n'amagués durant el pati. Però no ho vaig fer, és clar. Vaig anar disparada al lavabo per no sentir res ni veure ningú. I és que em dolia que la Lourdes tingués una mica de raó: els meus amics em treien de polleguera. La Marga i jo ens enteníem bé quan estàvem soles, quan no hi havia ningú al voltant. Però a l'escola era diferent. Hi havia els nens del club, i hi havia la Maëlle. Moltes interferències que posaven entrebancs a la nostra amistat.

Em vaig tancar al lavabo una bona estona. Quan en vaig sortir, més calmada, vaig veure que davant de secretaria el nostre tutor havia convocat l'Àlex i l'Enric Mitjà. Ells dos són enemics irreconciliables. Abans de les vacances es van barallar al pati de l'escola i van rebre un càstig que es va allargar una setmana. L'Enric és el rei dels brètols. És el nen més idiota, el més bandarra, el més poca-solta. Nosaltres, els del club, ens hem enfrontat a ell i als seus amics un munt de vegades. Són estudiants pèssims, mals companys; tenen mala relació amb els professors i no mostren cap mena d'escrúpol a l'hora d'humiliar companys més dèbils, com van fer durant el primer trimestre amb en Harry. L'Enric Mitjà és una mala persona i l'únic que té de bo és el seu aspecte. Sembla més gran que els altres i és el més atractiu de tota l'escola. La seva personalitat de gamberro el fa popular, i tots els alumnes de l'escola l'admiren, el respecten o bé el temen.

El tutor parlava amb ells. Jo vaig simular que llegia els anuncis penjats al taulell de secretaria mentre escoltava la conversa.

—I ja està decidit. Serà una teràpia de xoc —deia el tutor—. Si no sabeu acceptar-vos l'un a l'altre, potser és perquè no us coneixeu prou. Us asseureu junts a classe i fareu junts els treballs en grup. Ja he parlat amb tots els professors i pensem que és la solució. No voleu caldo, doncs dues tasses.

—Però... —va intentar oposar-s'hi l'Enric.

—No hi ha res a dir —el va tallar el tutor—. Ara, quan torneu del pati, ja podeu ocupar les dues taules de la primera fila. La professora d'anglès n'està al cas.

L'Àlex i l'Enric junts? Asseguts de costat? No m'ho podia creure. Per la cua de l'ull vaig clissar l'expressió de l'Àlex, que era la d'un pres a qui acabaven de condemnar a cadena perpètua. Com havien de seure junts si s'odiaven a mort? Mai no s'han pogut veure, i això que van a la mateixa classe des de primer de primària. L'Enric ha insultat l'Àlex amb tots els adjectius i malnoms possibles. I ell ha declarat l'Enric culpable de totes les coses dolentes que passen a l'escola i que enterboleixen el clima de convivència. L'ha denunciat, l'ha prejutjat i ha aconseguit que en sortís perjudicat sempre, tant si era culpable com si no. Després de la baralla final i del càstig, van començar les vacances, i l'Àlex va procurar oblidar-ho tot. Ara, pel que es veia, el tema «Enric» es convertiria en un suplici constant. Jo estava segura que el tutor s'equivocava: allò no era cap solució, sinó el contrari. Allò era el tret de sortida d'una carrera brutal i sense fre de conseqüències devastadores. El comunicat d'inici d'una guerra cruenta i salvatge de la qual estava claríssim qui en seria el perdedor.

La gòtica

Durant la segona setmana de classes es va produir l'entrada al club de la Carla, l'amiga d'en Pau. Ho vam discutir tres dies seguits, durant el pati i a la sortida de classe, i fins i tot vam fer una reunió extraordinària a casa dels bessons.

La seva àvia ens havia preparat berenar. Els seus néts l'havien advertit que seríem una bona colla, però la dona estava encantada de rebre tants nens a casa seva. Ens va saludar a tots, un per un. Es va mostrar una mica recelosa amb l'Iker, que durant una visita anterior havia vist el seu difunt marit decapitat al menjador, cosa que va deixar la pobra dona ben descol·locada, ja que insistia que el seu marit havia mort d'una atac de cor i no guillotinat com els de la Revolució Francesa. Aquesta vegada, l'Iker es va mostrar molt correcte amb la senyora, que li va allargar la mà a una certa distància abans de fer-lo passar a la sala on havia disposat els entrepans i el cacaolat.

El tema de la Carla era molt delicat. La nena no estava bé i necessitava ajuda. El problema era que la majoria es pensava que eren els pares i els psicòlegs els que l'havien d'ajudar i no pas els seus companys d'escola, a un dels quals, concretament a mi, havia arribat a tustar al mig del carrer.

—Necessita formar part d'una colla —explicava en Pau—. Em penso que si tingués amics i amigues, la Carla se centraria i seria una nena normal. Em sap greu haver de demanar-vos-ho, però crec que una de les funcions del nostre club és ajudar la gent que ho necessita.

—*Yo reconozco que me ayudó mucho sentirme aceptada por vosotros y pienso que a la niña también le será beneficiosa nuestra amistad* —va dir la Pajarica.

Cada vegada que la Vane obria la boca i no pronunciava només un monosíl·lab, em quedava meravellada. Com havia pogut superar tan de pressa la seva timidesa? Feia dos mesos no deia ni tres paraules seguides, i ara era capaç de fer discursos. El que deia, però, no era del tot exacte. Si la vam admetre al club va ser perquè ens va enganyar. Semblava una mosqueta morta, però en realitat era més llesta que la gana.

—*Si aceptamos que la Carla...*

—Vols callar, per l'amor de Déu? —la va interrompre l'Àlex, enfurismat—. *¡Es que desde que le has cogido gusto a la lengua pareces una cotorra!*

—La Vane té raó —vaig sortir en defensa seva—. La missió del club és ajudar-nos els uns als altres. I de la mateixa manera que vam ajudar la Vane podem ajudar la Carla.

—Però et va atonyinar! L'haurien d'haver expulsat de l'escola, no us sembla? —va contradir-me l'Iker—. I en lloc d'això, ara resulta que l'acollirem al club com si fos la nostra millor amiga! Jo no vull aquesta sonada al costat!

—I tu? No estàs una mica sonat, tu també, i t'acceptem com a amic? —va saltar en Pau.

En Tom, l'assenyat, va posar ordre a la situació.

—Ningú no és bo ni dolent al cent per cent, i per això em penso que la nena es mereix una oportunitat. La posarem en període de proves, com fan a les feines. Si demostra que la seva actitud ha canviat, l'acceptarem. Si no, li direm que se'n vagi a pastar fang.

Malgrat les protestes, l'opció d'en Tom va ser finalment aprovada. Abans de marxar, la Marga ens va demanar a les noies que l'acompanyéssim a casa seva. Pel camí ens va dir que era clar que els nois no mourien un dit per acceptar la Carla, i que nosaltres, que érem dones, havíem d'esforçar-nos a fer-los canviar d'opinió i alhora defensar algú del nostre sexe. La Pajarica i l'Assump hi van estar d'acord: serien amables i comprensives amb la nena i oblidarien el desagradable episodi que havia succeït abans de les vacances.

—Tu ets la que s'haurà d'esforçar més, Martina, perquè ets la que vas rebre.

—Y porqué la Carla también está enamorada del Pau —va afegir la Vane.

—Jo no n'estic, d'enamorada —li vaig replicar—. I faré el que calgui, però no n'hi deixaré passar ni una.

Quan ens vam acomiadar, l'Assump em va acompanyar fins a la porta de casa meva.

—Tinc un problema, Martina, i et demano per favor que m'aconsellis. No sé com dir a la Lourdes que surto amb en Jerry, i em fa por que ho descobreixi abans que jo l'hi expliqui. Es posarà com una fera, perquè la conec. Es pensarà que l'he traïda i que vinc amb vosaltres per allunyar-me d'ella. No pot ser que em passi l'hora del pati rodant com una baldufa del pedrís a la cistella...

—Li has de dir la veritat —la vaig interrompre—. És la teva vida. Ella pot continuar sent la teva amiga encara que surtis amb en Jerry. Una cosa no té res a veure amb l'altra.

—Es nota que no la coneixes prou, Martina. És una bèstia.

—I si penses això d'ella, com és que sou amigues des de fa tant de temps? Per què no l'has engegada abans? Esteu tot el dia enganxades com cul i merda!

—Ai, Martina... No em parlis així que em sento fatal...

L'Assump fa les coses sense pensar. Actua sense valorar les conseqüències. És de les típiques persones que no es qüestionen res a la vida; que actuen per impuls i després no saben com sortir-se de les situacions compromeses a les quals han caigut precisament per la seva falta de raonament. A mi, aquestes persones em posen dels nervis. I no paga la pena aconsellar-les, perquè els teus consells els entren per una orella i els surten per l'altra.

La mare de l'Assump és amiga de la meva, i per això les filles ens hem de tolerar mútuament. La nena és una espieta que ho xerra tot a la seva mare, i sempre he d'anar amb compte. Aquell vespre, quan em va deixar al pas de la porta després de prometre'm que diria la veritat a la seva monja col·lega, se'm va ocórrer una idea força enrevessada per matar dos pardals d'un tret. Si jo explicava a la meva mare que l'Assump sortia amb en Jerry i que per això ara formava part de la nostra colla, la revelació tindria dues conseqüències positives: d'una banda, la meva mare ho xerraria de seguida a la seva, i aquesta ho preguntaria directament a la Lourdes, l'amiga íntima de la seva filla, i es descobriria el pastís. L'Assump, en aquest cas, no hauria d'explicar-ho personalment a la Lourdes, perquè d'aquesta feina bruta ja se n'encarregaria la seva mare, i així s'estalviaria un mal tràngol. D'altra banda, i això ja era més personal, jo em venjaria per totes les vegades que l'Assump m'havia traït i que la meva mare havia sabut coses que no havia de saber.

L'endemà, sota la cistella, va aparèixer per primera vegada la Carla. En Pau havia parlat amb ella pel messenger la nit abans i li havia proposat reunir-se amb nosaltres a l'hora del pati. Ella havia dubtat, però després havia dit que sí. La Carla duia els cabells curts, amb el serrell llarg que li cobria el rostre, una mica a l'estil dels *Emos*. Es pintava els ulls amb una ratlla negra i gruixuda i s'havia fet un pírcing al nas. Això del pírcing va provocar les suspicàcies de la Pajarica, que, ara que parlava com un lloro i no es tallava ni un pèl, va dir que al seu país els únics que duien una arracada al nas eren els porcs de la granja. La Carla es va mostrar tímida aquell primer dia i, abans que res (i això va ser un punt a favor seu), em va demanar perdó pel que havia passat abans de festes.

—Em sap molt de greu, Martina. M'he penedit molt del meu comportament. No tenia cap dret a amenaçar-te ni a insultar-te, però ja us ha explicat en Pau que tinc problemes i que la meva situació emocional no és gaire estable que diguem.

—Però, què et passa, exactament? —li va preguntar en Tom.

—Bé... tècnicament... sóc una mica bipolar.

—T'agraden els nois i les noies? —va preguntar en Harry.

—Ha dit bipolar, no bisexual, tros d'ase —el va amonestar en Jerry.

La personalitat bipolar fa que les persones que la pateixen tinguin canvis d'humor sobtats; que un dia estiguin eufòriques i l'endemà deprimides, ens va explicar en Pau.

—La Carla no hi pot fer res. Bé, sí, va al psicòleg i pren una medicació per regular els seus estats d'ànim. És tan jove que els metges es pensen que se'n sortirà. Jo també us vull agrair que l'accepteu, en període de proves, al nostre club. A ella sempre li ha fet molta il·lusió ser una més de la colla.

—Benvinguda, Carla. Jo em dic Marga, i el meu pare és pilot. He viscut molts anys a París, *oh, la la*! —va riure—, i et faré costat en tot el que necessitis.

No em va passar per alt l'apreciació que, de sota veu, en Jerry va fer al seu germà.

—«*Oh, la la*» —la va escarnir—. El seu pare és pilot i ella una pilota, com sempre. No sé què li veus a aquesta nena, Tomàs.

La Marga té un punt de repel·lent que crispa. Jo sóc la primera a reconèixer-ho, però tothom té algun defecte, i els defectes dels millors amics no cal mirar-se'ls gaire, encara que de vegades siguin molt evidents.

La Carla va xerrar amb cadascú de nosaltres. Bé, amb l'Àlex no, perquè ell no va obrir la boca per a res. A l'Àlex no li agraden aquest tipus de nenes problemàtiques, com ara la Carla; ni el tipus de nenes mongívoles, com ara l'Assump; ni el tipus de nenes pesades i babaues amb ungles llargues pintades de color rosa, com ara la Vane. De fet, i com un dia em va dir la Tarta, que és una de la classe que quequeja quan parla, a l'Àlex no li agrada cap tipus de nena. El meu pare va dir que allò tenia un nom: *misogínia*. Un misogin és aquell que menysprea i odia les dones.

—És diferent de *masclista* —em va dir el pare—, però un misogin té sempre un component masclista ben arrelat. També podria ser, és clar, que l'Àlex fos gai.

—Gai? L'Àlex gai?

—Si no t'agraden les nenes, Martina, o bé ets misogin o bé ets gai —va dir-me el pare, i jo em vaig quedar tan confosa que no vaig saber què contestar.

L'Àlex va ser el meu primer amic a l'escola, el primer nen de la classe amb qui vaig jugar. Tant ell com jo no hem tingut mai gaires amics, ni hem estat populars entre els companys. La veritat és que, durant molt de temps, l'Àlex i jo érem considerats els rarets de la classe. L'única cosa que em va fer destacar a mi va ser la meva passió pels avions. L'únic que el va fer destacar a ell va ser la seva fòbia pels taurons. O sigui, res important com per esdevenir els més sociables, encantadors i divertits de la classe. L'Àlex, en aparença, és un nen molt mono. Però, quan el coneixes, és un nen molt malparit. De lluny i callat, t'enamoraries d'ell; de prop i escoltant-lo, acabaries clavant-li un ganivet a la jugular. No té termes mitjans. Ara bé, d'aquí a suposar, com havia insinuat el pare, que podia ser gai... Aquell migdia m'hi vaig fixar força, com si fos una investigadora provant de verificar una tesi. La Carla era rara, però era mona. I moderna. Amb pírcing i tot. L'Àlex, la veritat, no tan sols no li va dirigir la paraula, sinó que ni se la va mirar. De tornada a classe, els rucs dels meus companys de club van comentar l'arribada de la nouvinguda amb pèls i senyals: que si era una mica gòtica, que si s'assemblava a una de la pel·li *Crepuscle*, que si tenia les tetes força grosses... L'Àlex no va fer cap comentari. Ben bé com si la Carla mai no s'hagués acostat a nosaltres sota la cistella.

La cara de l'Àlex a classe era tot un poema des que seia, per força, al costat de l'Enric Mitjà. No es deien ni mu, és clar. Quan no miraven la pissarra o el profe, l'un girava els ulls a la dreta i l'altre a l'esquerra. En alguns crèdits treballàvem en parella, i aleshores ells dos es passaven l'hora sense dir-se res, o mirant només els fulls de l'un i de l'altre per comprovar que feien la mateixa feina. També és cert que, a partir d'aquell dia, quan l'Enric s'equivocava i deia alguna bajanada, l'Àlex ja no es petava de riure, com havia fet sempre. Des que formaven una estranya parella de fet, a part d'ignorar-se mútuament, era com si haguessin fet un pacte de respecte i discreció. A l'hora del pati i a la sortida, la cosa tornava a ser com sempre: l'Enric i els seus amics imbècils s'acostaven a la cistella per riure's de nosaltres.

—Mira que bé! La filla de Dràcula s'ha afegit al club de la cistella! —va exclamar l'Enric el primer dia que va veure que la Carla ens acompanyava—. No us podeu queixar! Teniu una mica de tot! El miramorts, la bruixota de les ungles llargues, en Harry Porker... tots els personatges patètics d'una *scary movie*!

En aquestes ocasions, l'Àlex abaixava el cap i no contestava amb els seus estirabots habituals. Callava i deixava que els brètols ens humiliessin amb els seus comentaris cutres.

—I no oblidis l'Air Force One i el Tiburón 3, Enric —va dir l'Òscar Linares, un dels seus sequaços.

Quan algú es ficava amb l'Àlex, la Pajarica saltava com una lleona. No tan sols treia les seves urpes llargues i pintades amb esmalt, sinó que també, ara que parlava, obria la boca per deixar anar els insults i els renecs més al·lucinants que havíem sentit mai.

—D'on has tret aquest vocabulari, Vanessa? —li va preguntar un dia en Tom—. Sembles una camionera!

—Es que no les consiento que se metan con nosotros. Especialmente con mi niño.

Quan l'Àlex sentia aquesta expressió, «*mi niño*»,

que la Vanessa sempre tenia a punt de solfa, s'enfilava per les parets.

—T'he dit mil vegades que no em diguis «*mi niño*»! Estàs sorda o què? Que no m'ho diguis més, et dic! No et suporto! Abans em moro que ser el teu *niño*!

En Pau estava content i resava perquè la Carla superés el període de proves i passés a formar part del club. La nena bipolar va aportar idees noves i revolucionàries. Va suggerir que ens podíem fer un carnet, i va proposar quedar un cop a la setmana per anar al cinema.

—A mi m'encanten les pel·lis de vampirs —ens va explicar—. Tinc un munt de DVD a casa i us els puc deixar si voleu. M'agraden els vampirs que xarrupen sang, no els caguetes que no fan res.

L'únic que va secundar la iniciativa va ser l'Iker.

—Però el club va néixer amb una motivació clara, que era la de lluitar contra les injustícies —va exposar en Tom—. La colla de la germana de la Martina va ser popular gràcies a aquesta mena d'accions, que tenien repercussió social. Un club que només es troba per anar a veure pel·lícules de sang i fetge no és un club ni és res. Ara som una bona colla, i em penso que és el moment d'atacar. Tenim poder i hem de fer sentir la nostra veu. Més urgent que fer-nos un carnet és redactar uns estatuts.

En Tom havia nascut per ser polític. Segons en Pau i l'Àlex, en Tom era un nen amb consciència social.

Segons alguns profes, era un gallet pesat amb ganes de donar la tabarra.

—No n'hi ha prou de trobar-nos a l'hora del pati sota la cistella! —provava d'alliçonar-nos el bessó—. Cal que passem a l'acció! Existim per solucionar conflictes! Representem el braç executor de la nostra comunitat...

—*¿Qué dice?* —em va preguntar la Pajarica a cau d'orella—. *No entiendo ni una palabra.*

Tots el vam escoltar bocabadats. Fins i tot en Harry va deixar de ventar mossegades a l'entrepà davant l'eloqüència d'en Tom. A mi no em va passar per alt que tot allò, tota aquella arenga política, ho feia per impressionar la Marga, que se'l mirava amb els ulls fora de les òrbites i la boca oberta.

—Elaborarem uns estatuts, i un pla d'acció. Buscarem una víctima de la marginació i lluitarem per defensar-la. Unirem els nostres braços i farem sentir la nostra veu! Avui i aquí, camarades, neix la revolució!

Hi va haver uns segons de silenci. En Jerry, tan impressionat com els altres i en un intent per accentuar la fortalesa moral del seu germà, va començar a aplaudir. Els altres, de mica en mica, el vam imitar. Em va semblar al·lucinant que un nen de primer d'ESO fos capaç de fer un discurs com el que acabava de fer en Tom. Havia parlat molt bé, com els que fan mítings i surten als debats de la tele. Em preguntava si en Harry o la Vanesa haurien entès alguna cosa, però el cas és que estaven tan impressionats com la resta.

En aquell moment va arribar l'Assump, apressada

com sempre, aprofitant que la seva amiga havia anat a fer un pipí.

—Que és l'aniversari d'algú? —va preguntar en veure com aplaudíem.

—No. En Jerry acaba de fer un discurs brillant! En Jerry és el nostre líder! —va exclamar la Marga.

—Però anirem o no anirem al cinema a veure pel·lis de vampirs? —va preguntar la Carla.

Ah! Així era el nostre club.

Les nenes protegides de les monges estaven amenaçades. L'Assump els havia fet jurar que mai no dirien res a la Lourdes sobre les seves escapades a la cistella. La Maggie Simpson, una nena força bleda que duia un pentinat impossible, era una d'elles. La Maggie va dir a la Vanesa que l'Assump les havia amenaçat d'expulsar-les del pedrís si mai confessaven a la Lourdes que ella tenia contacte amb nosaltres.

—*Le tienen miedo* —em va dir la Vane—. *La Assump es una niña mala y autoritaria, y por mucho que sea la novia del gemelo, creo que su comportamiento no es correcto. Las niñas del banco de piedra son buenas, y no se merecen que la Assump las trate tan mal, con amenazas y todo. ¿No te parece, Martina?*

Doncs sí que m'ho semblava. L'Assump es passava molt amb elles. Pobres. Eren apocades i bledes, però eren persones humanes.

Per això, aquell migdia, a l'hora de dinar, m'ho vaig fer venir bé per treure el tema davant de la mare.

—Amb en Jerry, el bessó? —es va estranyar ella—. Però si l'Assump és una mosqueta morta! I ja ho sap la seva mare que surt amb un nen de la teva classe?

—No. No en sap res —vaig confessar—. Surten plegats de l'escola i no sé on van. A festejar, m'imagino.

—Jo no sé si la seva mare ho consentiria. Trobo que aquesta nena és massa joveneta per anar sola vés a saber on amb un nen.

Amb aquest comentari en vaig tenir prou per saber que la meva mare parlaria amb la mare de l'Assump de seguida. I en vaig estar segura dos dies després. Aquell migdia, l'Assump no es va acostar a la cistella. Però no tan sols això, sinó que tampoc no la vaig veure asseguda al pedrís. Vaig pensar que potser estava malalta i no havia anat al col·le. Però l'endemà en Jerry em va preguntar si sabia què li passava a l'Assump.

—Ahir no em va esperar a la sortida. La vaig buscar i no hi era. Els de la seva classe em van assegurar que havia vingut a l'escola.

Aquell segon dia, l'Assump tampoc no era al pati. Fent el cor fort, vaig deixar els companys del club sota la cistella i em vaig acostar al pedrís de les monges.

—Hola Martina! —em va saludar la Lourdes, riallera—. Que vols seure amb nosaltres? Estic fent un dictat a les nenes. Van molt malament de català.

El panorama era desolador. Les apocades, que eren cinc o sis, estaven assegudes al pedrís amb una llibreta sobre les cames i un boli. La Lourdes no les havia deixat ni tan sols menjar-se l'entrepà. «Ja esmorzareu després», els havia dit, «primer és l'obligació i després la devoció». Les pobres infelices escoltaven el dictat i procuraven escriure amb bona lletra i sense alçar els ulls del full. Com podia ser tan autoritària aquella monja?

—On és l'Assump? —li vaig preguntar.

—L'Assump avui no sortirà al pati. S'ha quedat a estudiar a la classe.

Allò era una mentida. L'Assump mai no es perdia el pati, i menys ara que tenia el seu enamorat sota la cistella. La Lourdes de seguida va canviar de tema per continuar dictant a les seves deixebles. Els llegia un fragment del llibre de català.

—Atenció a les pauses! —els deia—. No vull cap falta en la puntuació!

No m'ho podia creure. Com podien aquelles tòtiles deixar-se fer allò? És que s'havien tornat més idiotes del que ja eren?

—La que no faci cap falta es podrà menjar l'entrepà de seguida. Si en feu més de tres, us faré repetir la prova.

Vaig marxar d'allí immediatament amb la intenció d'informar en Tom sobre el que estava passant. Allò sí que era una injustícia! Allò sí que es mereixia una intervenció del club! Però abans, amb una sospita que em cremava el pit, vaig entrar a l'escola i vaig pujar a la classe de segon d'ESO. Estava tancada amb clau. Els professors, abans de sortir al pati, sempre tanquen les aules. De tant en tant es cometia algun petit robatori i s'havia adoptat aquella mesura dràstica per evitar-ne més.

Tot i així, vaig picar amb els artells de la mà a la porta. Silenci. No hi havia ningú. Abans de marxar, però, vaig cridar «Assump?». Silenci. Quan ja me n'anava, una veueta va contestar des de darrere la porta.

—Martina? Ets tu?

L'Assump estava tancada a la classe, amb pany i clau.

—Es pot saber què hi fas, aquí tancada? —vaig preguntar-li.

Silenci. Després la vaig sentir gemegar.

—Qui t'ha tancat aquí? Vols que vagi a buscar un professor?

—No! —va cridar, espantada—. No vagis a buscar ningú! Estic... castigada.

—Castigada? Qui t'ha castigat?

Silenci. El seus gemecs m'arribaven cada cop més nítids.

—Ara no t'ho puc explicar. Potser... potser després et telefono —va dir.

—Qui dimonis t'ha tancat aquí? Ha estat la Lourdes?

La vaig sentir plorar a llàgrima viva, sense poder contenir-se. Em va suplicar que no digués res a ningú; que em telefonaria i que m'ho explicaria tot, però que si us plau no fes res, que la situació era molt delicada.

—Aquella bèstia que diu ser la teva amiga t'ha tancat a la classe? Tu t'adones del que t'ha fet?

Em va semblar una aberració. I més aberrant era que l'Assump no ho denunciés. Com s'ho havia fet aquell bruixa per tancar la seva amiga a la classe?

Vaig baixar les escales indignada. Els del club eren sota la cistella, asseguts en rotllana.

—Martina, on eres? T'estàs perdent la reunió! —em va dir en Jerry.

Vaig haver de mossegar-me la llengua. Al pedrís continuava la sessió de dictat: les nenes apocades estaven enfeinades escrivint, sense tocar l'entrepà. La Lourdes, l'única que estava dreta i caminava davant les altres com ho fan els professors a classe, anava llegint el fragment del llibre que les altres havien d'escriure sense cometre errades d'ortografia ni de puntuació.

—Resumint —deia en Tom—, convoco una reunió, com feien els de l'Anticlub. Cadascú de nosaltres aportarà una proposta d'actuació contra alguna cosa concreta. Les valorarem entre tots, i aleshores decidirem quina acció és la més urgent. Insisteixo: no s'hi valen bajanades. Mireu al vostre voltant. Segur que veieu injustícies; segur que hi ha actuacions que mereixen una condemna; segur que hi ha persones que no es comporten com cal. Tots coneixem companys que passen per un mal tràngol, que són amenaçats o humiliats per algú altre. Contra aquestes actituds hem de lluitar!

Tothom va dir la seva, sense respectar un ordre d'intervenció i atropellant-se els uns als altres. Evidentment, el nom de l'Enric Mitjà i els seus col·legues sortia a cada moment. En Tom, però, va decidir que ara, en calent, no era el moment de prendre decisions.

—La reunió la farem demà a la tarda, a la sortida del col·le. La meva àvia diu que podem anar a casa seva.

Alguns van al·legar que l'endemà a la tarda tenien activitats extraescolars, o que havien quedat amb no sé qui per anar no sé on. L'Iker havia d'anar al gimnàs (o sigui, al locutori dels *xinos* i després al gimnàs). En Tom va dir que ja érem prou grans per saber què era més important. I que si es feia campana d'anglès, no importava. I si et perdies l'entrenament de futbol, doncs tampoc.

—Si volem ser un club real, el primer és el primer. I ara mateix, camarades, el primer de tot és la nostra lluita!

Quan va sonar el timbre que indicava el final del pati, en Jerry em va tornar a dir que era estrany que l'Assump no hagués sortit al pati. Jo vaig callar. Em sentia culpable de la situació, és clar. Si jo no hagués dit res a la meva mare, ara l'Assump no estaria tancada a la classe com en una presó.

La Pajarica, mentre pujàvem l'escala (la nena insistia a fer exercici), em va explicar que la Carla s'havia interessat pels rituals de màgia negra de la seva àvia.

—*Cuando se lo conté se quedó fascinada. Hoy va a venir a mi casa a conocerla. La abuelita estará encantada de charlar con ella. Ya le he dicho que a la Carla le apasionan los demonios y los dráculas. Creo que se van a llevar de maravilla.*

El professor de mates, després de valorar les darreres proves, va determinar que a l'olimpíada matemàtica finalment només hi participarien en Tom i la Tarta, que en realitat es diu Mireia Soler. Quequeja, sí, però amb els números i les fórmules és un prodigi.

—Tots els altres participants no arriben al nivell d'en Tomàs i la Mireia. I nosaltres, com a centre, hem decidit que ens convé portar-hi només els alumnes més avantatjats. Amb en Tomàs i la Mireia ens assegurem una bona representació i opcions clares de passar a la final.

Els companys van felicitar els escollits. La primera prova seria a finals de maig i es faria en un institut de Barcelona un dissabte al matí. Si la superaven, aleshores passarien a la fase provincial, que consistiria en un examen al mes de juny en el qual participarien no tan sols alumnes de la ciutat, sinó de tota la província. La prova final de l'olimpíada, es faria a finals de juny, després del crèdit de síntesi i dels exàmens. Si resultaven finalistes, en Tom i la Tarta haurien d'anar un cap de setmana a Girona, amb hotel i despeses pagats, i els podrien acompanyar els seus pares. El guanyador de l'olimpíada rebria un premi en metàl·lic considerable i optaria a presentar-se a les proves europees que se celebrarien a Amsterdam al mes de juliol.

En Harry s'havia presentat com a candidat. Tots l'havíem advertit que no tenia cap opció. Un nen que no divideix ni sap sumar fraccions (que en realitat no té ni idea de què és una fracció) és clar que no és el candidat idoni per a una competició matemàtica. Però en Harry s'havia inscrit a les proves en la seva època de canvi físic i mental, a primers d'any, i malgrat que tot s'havia torçat irremeiablement abans de Setmana Santa, confiava en un miracle. «*De ilusión también se vive*», com havia sentenciat sàviament la Pajarica.

Per això, sense haver aprovat ni un sol examen de mates des de cinquè de primària, i «amb dos collons», com diria el meu pare, en Harry va anar a protestar al professor. L'home estava desconcertat. El va fer callar de seguida: no volia perdre ni un minut més de classe discutint amb ell.

—És que no entenc com vas gosar presentar-te a les proves! No vas fer bé ni un dels exercicis; tens un historial de pena; no estudies mai de la vida ni aproves cap examen de res... Em penso que ja n'hi ha prou, Adrià. Em penso que n'has fet un gra massa!

—Tinc dret a veure les proves! Tinc dret a reclamar una revisió! —es queixava en Harry.

Després de Nadal, en Tom hauria sortit a defensar-lo, perquè ell sempre defensa les causes perdudes. Però havia estat precisament ell, el bessó assenyat, l'encarregat de preparar en Harry per a les proves i, evidentment, no se n'havia sortit.

—És que ni suma bé! No sap ni les taules de multiplicar! Si es pensa que *hipotenusa* és un insult!

En Harry es va enfrontar al professor fins que aquest el va fer fora de l'aula. «Em venjaré!», va escridassar-lo mentre sortia de males maneres, amb els pantalons foradats, el jersei amb la taca de quètxup i un moc que li rajava nas avall. «Això és una injustícia!»

L'Enric i els seus amics reien com bojos, i els del club ens vam posar vermells de vergonya. Era clar quin objectiu aportaria en Harry a la reunió de l'endemà a casa dels bessons.

A la tarda, l'Assump m'esperava en una cantonada. Estava blanca com la cera i tenia els ulls vidriosos d'haver-se fet un fart de plorar. Vam seure a les escales d'un edifici, amb les motxilles als peus.

—Sóc molt desgraciada, Martina. La Lourdes ha descobert, no sé com, que surto amb en Jerry. Fa dos dies va venir a casa meva, feta una fúria, i em va dir que allò no m'ho perdonaria mai. Que a una amiga no se li pot fer el que jo li he fet, i que sóc una mala persona i una irresponsable. —Feia esforços per no posar-se a plorar—. L'havies d'haver vista, Martina. Semblava boja. Em sacsejava les espatlles i m'obligava a mirar-la als ulls. Mai no l'havia vist enrabiada d'aquella manera. Em va amenaçar de dir a la meva mare que sóc una «pe u te a». Que posaria les nostres amigues en contra meva i que em faria la vida impossible. Jo li vaig demanar perdó. Sóc així de tonta, però és que em va fer por, Martina, t'ho dic de debò. I ella em va dir que abans de perdonar-me em mereixia un càstig i una penitència. I per això em tanca a la classe durant l'hora del pati. No sé com ha aconseguit una clau de l'aula, però el cas és que cada dia a les onze esperem que el professor o professora se'n vagi i aleshores ella obre amb la clau i em tanca a dins.

Si em punxen no em treuen sang. Però és que s'havien begut l'enteniment, totes dues? Com una podia fer-ho i l'altra deixar-s'ho fer?

—Li he promès que tallaria amb en Jerry i que em separaria de vosaltres. Em penso que, si l'enganyo, al final es creurà la mentida i em deixarà en pau.

—Però tu ets burra! Com se t'acut aquesta solució

tan poca-solta? No pots deixar que t'humiliï! Li has de perdre la por! Demà, a la reunió del club, exposarem el teu tema i segur que tots...

—No! Ni pensar-ho! —va saltar, embogida—. No ho puc fer això! Això meu és un tema privat que t'he explicat perquè som amigues! No vull que ningú ho sàpiga, Martina, t'ho demano per Déu! Els meus problemes els he de resoldre jo sola! Només faltaria que en Jerry sabés que... i que tots els altres sabessin que...

—Sabessin què? —la vaig contradir—. Que hi ha una sonada que et tanca amb clau a la classe? Que t'obliga a fer el que ella vol com si fossis la seva esclava?

—Oh... —es va lamentar, plorant com una magdalena—. Sóc tan desgraciada...

Em va fer jurar que no diria res a ningú fins que ella no hagués pres una determinació.

L'endemà a tres quarts de nou, quan vaig arribar al colle, hi havia una colla d'alumnes fent rotllana al voltant del pedrís. Eren alumnes de tots els cursos que reien i llançaven exclamacions, i assenyalaven amb el dit alguna cosa o persona que els seus cossos em tapaven. Primer vaig pensar que es tractava de les mongetes o una de les seves protegides, ja que el pedrís del pati és el lloc que solen ocupar durant el descans. Quan m'hi vaig acostar vaig descobrir que el centre d'atenció era la Pajarica.

Estava asseguda tota sola al pedrís, protegint-se

amb una carpeta sobre el pit. Les ungles llargues no les duia pintades de rosa com sempre, sinó de negre. El seu cabell llis habitual, normalment decorat amb un passador de fantasia per aclarir-li el front, havia desaparegut: la Pajarica lluïa un tall de cabells curt i modern, se'ls havia tenyit de negre amb reflexos fúcsies, i la part de dalt li quedava estarrufada en una mena de cresta. Anava maquillada com en una pel·lícula de zombis: blanquíssima, amb la ratlla dels ulls gruixuda i de color violeta, els llavis pintats d'un marró fosc i una gran piga negra a l'altura del llavi inferior.

Tothom se'n reia, i la nena era incapaç de reaccionar. Una altra persona hauria buscat refugi a la classe o a secretaria. Una altra persona no s'hauria atrevit a presentar-se amb aquell *look* gòtic a l'escola. Però no parlàvem d'una altra persona, sinó de la Pajarica, la Vanesa, «*genio y figura*», que diria la meva mare. Com s'havia pogut deixar fer allò? M'havia dit que ahir a la tarda la Carla aniria a casa seva per conèixer l'*abuelita*. No calia un gran esforç per entendre com un ésser tan influenciable havia rebut la pitjor de les influències.

—Sembla la paia de *L'exorcista*!

—Tapeu-vos el coll amb la camisa! Aquesta friki és capaç de ventar queixalades a tort i a dret!

—Però qui li ha fet això? La Morticia Adams és una pàmfila al seu costat!

La Vanesa s'havia posat a plorar, i els quilos de rímel li empastifaven les galtes en forma de gotasses violetes. Quan em va veure, es va incorporar enmig del cercle de badocs i se'm va acostar tremolant.

—*¡Sácame de aquí, Martina! ¡Estoy muertita de miedo!*

—Però què dimonis t'has deixat fer?

La vaig agafar de la mà i me la vaig endur. Realment estava sonada. Si de coll amunt semblava una gòtica perversa, de coll avall era la de sempre: la bruseta cursi, els texans passats de moda, les esportives barates del *mercadillo* i els mitjonets blancs. Al moment que entràvem a secretaria va sortir el senyor Pere, el cap d'estudis, alarmat per l'enrenou. Quan va reconèixer la Pajarica es va quedar al·lucinat. Primer semblava que se li escaparia el riure, però a continuació va posar cara d'enfadat.

—Què coi fa aquesta nena pintada com una mona? —va escridassar-nos—. Entreu de seguida al lavabo, i tu, Martina, encarrega't de netejar aquest espantall!

Vam deixar les motxilles al peu de la pica. La Pajarica, amb la cara empastifada, s'havia passat la mà per la boca i el pintallavis marró l'havia transformada en un pallasso.

—Però tu t'has vist? —la vaig obligar que es mirés al mirall—. Tu has vist com vas?

—*Fue idea de la Carla. A la abuelita le pareció bien...*

—Estàs com una cabra, igual que elles. Com no se t'ha ocorregut pensar que passaria això quan arribessis? Et van dur a la perruqueria? Quan t'ha costat aquest tall de cabells de pollastre socarrimat?

Amb paper de vàter i mocadors de paper que ella duia, vam aconseguir treure la pasterada. La Vanesa no parava de plorar i ho havia de fer jo tota sola.

—La Carla me dijo que me quedaba bien. Que parecía muy moderna...

—Moderna? *¡Un payaso, eso es lo que pareces!* Un pallasso de pel·lícula de por! *¡El Freddy Krueger, pareces!*

Em vaig preguntar per què ho havia fet, la Carla. De debò es pensava que aquell *look* li esqueia, a la Pajarica? Fins a quin punt sabia que tothom es riuria d'ella quan aparegués maquillada i pentinada a l'escola? Ho havia fet realment amb mala intenció?

La vaig acompanyar a la seva classe. Tots els nois i noies de tercer se la miraven bocabadats i no podien evitar els comentaris. «*¿Te ha pagado el peluquero por dejarte hacer eso, Vanesa?*», li va preguntar un. «*¿Hacían rebajas en la peluquería, niña?*», li va preguntar un altre.

Vaig anar directa a la classe de segon d'ESO. En Pau i la Carla seien de costat. El professor encara no hi era, i vaig entrar amb cara de mala llet.

—Bon dia, Martina! Què hi fas aquí? —em va preguntar en Pau.

—Podem parlar un moment tu i jo?

—Ara?

—Ara —vaig dir, ben seca, i vaig sortir de la classe.

En Pau em va seguir. Atabalada, li vaig explicar què li havia passat a la Pajarica. En Pau no s'ho podia creure.

—Et recordo que la teva amiga està en període de proves al club. Digue-li que aquest migdia no s'acosti a la cistella, perquè vull exposar el cas a la resta. Si descobreixo que la Carla ho ha fet per deixar la Vanesa en ridícul, ja es pot anar acomiadant de nosaltres. Queda clar?

—Però potser a la Pajarica li agrada pintar-se i...

—Ho repeteixo, Pau: no la vull a la cistella.

A l'hora del pati no hi va haver manera de fer aixecar la Pajarica de la butaca que hi ha davant de secretaria. Aquella butaca havia estat el seu refugi habitual des que va entrar al col·le i fins que ens va conèixer a nosaltres.

—*¡No quiero salir al patio! ¡No quiero que se rían más de mi!* —ploriquejava.

Li vaig dir que no s'acostés a la Carla. Que si ella venia a buscar-la, no li dirigís la paraula.

Sota la cistella vam improvisar una reunió urgent i extraordinària. L'únic que havia vist la Pajarica pintada de gòtica abans de les nou del matí havia estat l'Àlex, que se n'havia anat corrent a la classe sense dir-li res. Els altres van haver de conformar-se amb el retrat esgarrifós que els vaig fer jo.

—Em temo que la Carla la va enganyar. Amb tota la mala intenció va agafar aquella innocent i la va convertir en una pelleringa gòtica. No són amigues. Es coneixen de fa una setmana. Tots sabem com és la Vanesa, i per això em penso que la Carla se n'ha aprofitat. Hauríeu d'haver sentit com se'n reia, la gent. Feia pena, la pobra.

—Tu, què hi dius, Pau? —li va preguntar en Tom.

—La Carla m'ha explicat que ahir va anar a casa de la Vanesa i que van estar fent rituals de màgia negra amb l'*abuelita*. També diu que van fumar un porro, però no sé si és veritat.

—Aquella dona fuma com un carreter —va confirmar l'Iker.

—Ja ho sé, però m'imagino que no devia ser un porro, sinó tabac de cargolar. Després, ella i la Vane van estar parlant molta estona. La Carla li va proposar fer-se un canvi de *look*, perquè la Vane li deia que se sentia molt vulgar, que no tenia cap gràcia a l'hora de vestir-se i maquillar-se... cosa que és ben certa...

—Només té fixació per pintar-se les ungles llargues... —va intervenir l'Àlex amb cara de fàstic.

—El cas és que van anar a la perruqueria on va la Carla. L'àvia va donar diners a la Vane perquè es fes el pentinat que volgués. A la perruqueria, i gratis, també la van pintar. La Carla diu que la Vane estava encantada, i li va assegurar que dormiria cara amunt per no malmenar l'obra d'art que li havien fet a la cara.

—Obra d'art? Si semblava un espantaocells! —vaig assegurar—. Crec que la Carla no pot reincorporar-se al club fins que no esbrinem la veritat. Ja li pots dir, Pau, que avui no cal que vingui a casa dels bessons.

—I si realment és culpa de la Vane? —va preguntar la Marga—. I si és ella que se'ns està tornant gòtica?

Vam quedar que el primer punt del dia de la reunió seria demanar a la Pajarica que ens expliqués com havia anat tot, i després trauríem les nostres conclusions.

Amb tot això, fins al cap de quinze minuts no em vaig adonar que l'Assump no era al pedrís. En Jerry no parava de mirar cap allà, però tenia por de la Lourdes i no s'atrevia a preguntar-li res.

Jo sí que ho vaig fer. Les seves deixebles apocades l'escoltaven atentament mentre acabaven de menjar l'entrepà. Aquell dia, pel que semblava, no les havia deixat en dejú.

—Hola, Martina! Vols seure? Avui parlem d'educació sexual —em va anunciar la Lourdes.

—De què?

—De sexualitat. És un tema que et pot interessar, perquè estàs en una edat de canvis fisiològics. Jo els explico les meves experiències sexuals i elles fan preguntes.

—Les teves experiències sexuals? Quines experiències?

—Jo sóc una mica més gran que elles, i estic una mica més desenvolupada d'aquí —va fer, assenyalant-se el cap—. Parlem de la regla, de les hormones, de les precaucions...

—On és l'Assump? —la vaig interrompre.

—S'ha quedat estudiant. Aquest trimestre vol aprovar totes les matèries. Li ha agafat una fal·lera, amb això de l'estudi!

Vaig pujar corrent les escales, d'amagat dels professors que vigilaven el pati. Vaig picar a l'aula de segon i vaig cridar «Assump! Sóc jo, la Martina!». Ningú no em va contestar. Vaig insistir dues o tres vegades i no vaig obtenir-ne resposta. I si l'havia lligada i emmordassada, com una segrestada? Aquella bruixa era capaç de tot.

Vaig anar a secretaria i vaig suplicar la clau de primer d'ESO. Havia d'agafar el mòbil per fer una trucada a la meva mare, que estava malalta. Com que sóc una bona nena, me la van donar. Jo ja sabia que la mateixa clau obre tots els panys de l'ESO.

L'Assump no era a la seva classe de segon d'ESO. On dimonis l'havia tancada? Vaig obrir les classes de tercer, de quart i de primer amb la clau. No hi era. L'Assump devia estar empresonada en qualsevol lloc, però no en una classe. Mentre pensava què fer, va sonar el timbre i vaig tornar la clau a secretaria.

Després d'anglès, vaig sortir de l'aula per anar a comprovar que l'Assump era a la seva classe de segon. La vaig veure des de la porta: seia, com sempre, al costat de la Lourdes. Cap de les dues no es va adonar de la meva presència i vaig ser testimoni de com l'ama acaronava els cabells de la seva esclava i li feina carantoines com si fos un gos. Vaig tornar a la meva classe just al moment que entrava el profe de mates. En Harry l'esperava al costat de la pissarra, i el primer que va fer el profe va ser ordenar-li que anés a seure i no obrís la boca. En Harry, amb el mateix jersei tacat i les esportives destrossades, va fer el gest de protestar.

—Al lloc, Adrià —li va ordenar el profe—. O seus o te'n vas.

En Harry, malcarat, va tornar al seu lloc i es va quedar de braços plegats i sense fer res durant l'hora sencera. La novetat eren els braços plegats; el fet de no fer res era habitual. Em vaig preguntar què podia fer per resoldre el cas complicat i pervers de l'Assump si, com ella em demanava, no el podia explicar aquella tarda a la reunió del club. Havia de callar? Havia de permetre que aquella monja dictadora la mantingués segrestada durant les hores del pati? La Marga em va demanar què em passava, però no li vaig explicar res. Jo ho havia embolicat, i a mi em tocava resoldre-ho. El primer que se'm va ocórrer va ser parlar amb la meva mare i dir-li que tot el que li havia explicat era mentida. Que l'Assump no sortia amb cap nen i que no pertanyia a la nostra colla. Que m'ho havia inventat tot per despit. Però, pel que semblava, la nena ja ho havia confessat tot a la seva raptora. A més a més, aquella dèspota necessitava un escarment. Sigui com sigui, el seu comportament era delictiu i el que feia atemptava contra els drets humans. Per això vaig pensar també a denunciar-la. Trucar a la Generalitat o al telèfon de protecció a la infància. O anar als serveis socials del barri i revelar que s'estava produint un cas d'agressió a l'escola. Ben segur que els mossos d'esquadra s'endurien la Lourdes a un correccional de menors...

—Martina, a la pissarra!

La veu del profe va aconseguir allunyar-me dels meus negres pensaments. Vaig sortir sense saber quin problema tocava fer. Dreta al costat del profe, mentre ell escrivia unes fraccions amb guix, vaig mirar cap a la taula de l'Àlex i l'Enric, que seien a primera fila: per sota la taula i dissimuladament, vaig veure que s'agafaven de la mà, com dos enamorats.

Vaig apartar els ulls de seguida i em vaig concentrar, ofuscada, en l'esquena del professor. No m'ho podia creure. Uns nens de tretze anys poden ser gais? I, sobretot, l'Enric Mitjà, el líder dels bandarres, el terror dels escolars, el pinxo més mascle de tots els mascles, podia ser gai?

Quan el professor va acabar d'escriure, jo encara tenia el cervell aturat. No gosava girar-me, però em moria de ganes de fer-ho. Després en Tom em va comentar que em vaig quedar davant de la pissarra igual que es queda l'Iker quan veu un mort.

—Martina! El problema! —em va dir el profe perquè reaccionés.

Aleshores, abans de mirar aquelles xifres, vaig donar una llambregada a la taula de l'Àlex. Ell i l'Enric estaven despistats com sempre, un i l'altre mirant en direccions oposades. Tots dos tenien les mans sobre la taula i no es tocaven.

Havia estat una al·lucinació? Tan capficada estava pel tema de l'Assump que la ment em jugava males passades?

L'esclava

A les sis de la tarda ens vam trobar tots a casa dels bessons. Per segona vegada, l'àvia ens havia preparat un berenar con Déu mana i tots l'hi vam agrair. Quina bona dona! A les nenes ens tractava fins i tot amb més tendresa que als nens.

—No vaig tenir cap filla i no tinc cap néta. No sabeu la il·lusió que em fa tenir nenes a casa!

L'àvia dels bessons va felicitar la Pajarica pel seu nou pentinat.

—A mi m'agrada. Les nenes han de ser modernes, sempre ho he dit.

A la Marga, a l'Assump i a mi ens va sorprendre el comentari. *Moderna* no seria l'adjectiu que utilitzaríem nosaltres per definir aquell desgavell capil·lar de la Vane. La que era moderna, en tot cas, era ella, l'àvia d'en Tom i en Jerry, si valorava positivament allò tan abstracte i tan sense sentit que havien perpetrat els perruquers al cap de l'equatoriana.

En Tom va centrar els punts importants de la reunió. Com era d'esperar, en Harry va aportar la seva idea esbojarrada d'atemptar contra el profe de mates per haver comès una injustícia no permetent-lo participar a l'olimpíada. L'Iker el va contradir de seguida, opinant que la resposta del profe era més que assenyada. En Harry li va dir «friki», i l'Iker li va dir «porc». En Tom va posar punt i final a la picabaralla suggerint que hi havia temes més interessants i més urgents.

Tothom esperava que l'Àlex trauria el tema de l'Enric Mitjà i els seus col·legues, però no ho va fer. Qui sí que en va parlar, dels brètols, va ser la Pajarica.

—*Son unos idiotas y nos insultan.*

—Doncs tu no et quedes curta quan t'hi enfrontes —va dir en Tom.

—*¡Porque yo me defiendo! ¡Y les defiendo a ustedes, mis amigos!*

L'Àlex no va badar boca. Era com si li haguessin passat les ganes de lluitar contra aquella colla d'imbècils. No em podia treure del cap el que m'havia semblat veure per sota la taula. Tant si havia estat una al·lucinació com si no, era estrany que l'Àlex no apuntés la idea d'actuar contra l'Enric. Tampoc no vaig poder dir res sobre la qüestió preocupant de la Lourdes i la seva esclava. De tant en tant, l'Assump em llançava llambregades plenes de significat perquè no parlés del tema. I aquell sí que era un tema! La maleïda monja tancava una companya amb pany i clau i no la deixava sortir al pati! Obligava les seves acòlites a fer dictats a l'hora del pati i no les deixava esmorzar si cometien faltes d'ortografia! Allò sí que eren delictes!

En Pau va defensar la Carla quan vam treure el tema de la seva responsabilitat a l'hora d'esguerrar el *look* de la Vanesa. Ell mateix va forçar la nena que confessés que el pentinat i el maquillatge mortuori els havia triat voluntàriament. Que potser volia imitar la Carla, sí, però que va ser una decisió personal sense cap mena de coacció per part de la instigadora.

La resta de temes proposats eren anecdòtics. Que si la profe de naturals posava exàmens massa difícils; que si la d'anglès exigia un nivell massa alt; que si les del menjador posaven poca ració de patates fregides com a acompanyament del lluç arrebossat... No res, tot bestieses si ho comparàvem amb el cas flagrant de la Lourdes. Però aquest cas no el podia exposar davant de l'Assump, i això em feia sentir molt malament.

—Un desastre! —va sentenciar en Tom donant un cop de puny a la taula—. Res interessant! Aquest club no té objectius de pes! El món està com està, hi ha guerres terribles a molts llocs de l'Àfrica, repressió sanguinolenta a la tira de països, gent que es mor de gana a mig món, però el nostre club de merda no troba res important per fer! Fantàstic! Jo plego!

El seu germà va intentar tranquil·litzar-lo, però el bessó estava esveradíssim.

—Si us penseu que puc perdre el temps amb quatre qüestions vulgars, aneu ben equivocats! Millor que continuem com estem, com uns idiotes poc sociables i marginats sota la fastigosa cistella de bàsquet! Si és això el que voleu, doncs endavant! Jo em planto. Passo. Aneu-vos-en a la merda!

Va sortir de l'habitació donant un cop de porta. La Marga em va xiuxiuejar a l'orella que en Jerry no tenia cap motiu per posar-se com s'havia posat i que era un dèspota i un cretí.

Deu minuts després de començar, la reunió es va acabar com el rosari de l'aurora. L'Àlex opinava que a en Tom n'hi passava alguna de grossa; que no era normal que s'enfadés d'aquella manera i que no tenia dret a fer-nos fora de casa. En Jerry va dir que el seu germà estava nerviós pel tema de l'olimpíada matemàtica; que era molta responsabilitat i que ens en féssim càrrec. Després ens va convidar a marxar. A tots menys a l'Assump, és clar. L'Iker va dir que se n'anava una estona al locutori, i en Harry s'hi va apuntar. La idea d'anar a fer un volt va complaure la Pajarica, però no l'Àlex.

—Si aquesta ve, jo no vinc —va dir.

Total, que la Marga, en Pau, la Pajarica i jo vam anar a passejar. A la vora de casa dels bessons hi ha un centre comercial i la Marga va proposar anar a mirar aparadors de roba o la botiga de CD i DVD. Em va fer ràbia que la Marga i en Pau coincidissin en gustos: els agradava el mateix estil de roba, escoltaven el mateix tipus de música, havien vist les mateixes pel·lícules. Ells dos anaven al davant, aturant-se aquí i allà, i a mi em tocava carregar la Vanesa, que no parava de garlar amb la seva veu de xiulet. La nena m'explicava la festa que li estava preparant la seva família per al mes que ve.

—*Es una tradición de mi país. Se llama la fiesta de quinceañeras y la celebran todas las chicas que cumplen quince años. Me voy a vestir de princesa, Martina, y mis papás preparan un almuerzo de rechupete. Habrá baile y juegos. Puedo invitar a todos mis amiguitos. A mi me gustaría que viniérais sólo el Àlex y tu, claro, pero sé que queda feo no decírselo a los otros. El Iker me da miedo, ese niño está loco y es un obseso. La Marga es demasiado creída. El Harry es un guarro. A los gemelitos no les entiendo. La Assump es sádica con las otras niñas y no me gusta nada. Al Pau le invitaría para que estuviera contigo, pero claro, también tendría que invitar a la Carla, que se porta muy bien y somos amigas. Si viene...*

—Ai, Vanesa, ja n'hi ha prou! Trobes defectes a tothom! Que no ens tens cap, tu? Mira de callar una estona, si us plau.

—*Ya veo que estás rara, Martina. Y es por culpa de la Marga. ¿No te das cuenta? Ella también te quiere quitar al Pau.*

—Però, què dius?

—*Míralos como hablan* —em va dir assenyalant els nostres amics amb un cop de barbeta—. *Si parecen dos enamorados cotilleando. Mira como se ríen. Ay, Martina, qué pena me da por ti. Creo que te ha salido una nueva contrincante...*

Tot era un desastre. Feia un any, em moria de ganes de tenir amics i formar una colla. I ara que els tenia, el meu desig era esborrar-los del mapa.

—Dueu diners? —va preguntar la Marga—. Prenem una orxata?

—M'encanta l'orxata! —va exclamar en Pau.

—Jo me'n vaig a casa. Tinc deures a fer —els vaig anunciar.

La Pajarica, com era d'esperar, va dir que m'acompanyava.

—Ojito con ésa, Martina. Empiezan con una horchata y acaban como mi primita Daysi.

Jo no tenia la regla. Tenia gairebé tretze anys, i no tenia la regla. Moltes de la classe tampoc no la tenien, però això no era una excusa. La Marga la tenia. L'Assump i la Lourdes la tenien. La Pajarica la tenia. Fins i tot la Tarta la tenia. La mare em deia que no m'amoïnés; que a ella també li va venir força tard i que podia ser genètic.

—Però, de tota manera, reina, moltes de dotze o tretze encara no la tenen. I és normal, saps què vull dir? Ara per ara, la teva situació no la podem qualificar d'excepcional, sinó que estàs dins dels terminis biològics naturals.

Jo l'entenia, i valorava que m'ho digués per tranquil·litzar-me. Però em costava d'acceptar, és clar. Només la Marga i l'Assump sabien que jo no la tenia. A la Marga l'hi vaig dir jo; l'Assump ho va saber perquè la meva mare ho va explicar a la seva. Ja sé que no és important, i que el dia menys pensat menstruaré, però igual que fa un any el tema no em preocupava gens ni mica, ara no puc deixar de pensar-hi. També estic menys desenvolupada que les meves companyes que tenen la regla, tot i que n'hi ha dues de la classe que estan pitjor que jo. Les apocades del pedrís, en aquest aspecte, fan goig de veure. La Maggie, per exemple. O la Croma, quin bé de Déu. La cara la té com la té, així com primitiva, però els pits semblen de revista. Això abans no em treia el son, però ara em neguiteja.

La tarda que vam tornar del centre comercial, la Pajarica em va posar el cap com un bombo. Normalment ja ho té ella això, sobretot des que parla com una moto, però és que aquell vespre, mentre es feia fosc i tornàvem juntes cap a casa, el tema de la conversa (o del seu monòleg, millor dit) era el de ser dona, tenir fills, enamorar-se i tota la pesca. La Vane estava a punt de fer quinze anys i celebrar la seva festa. La seva famosa cosineta Daysi havia tingut un fill a la mateixa edat, i a la poca-solta de la Vane no li semblava gens malament imitar-la.

—*Yo sería una buena mamá, Martina. Cuidaría de mi hijito igual que va a hacer la Maëlle con el suyo. Tengo instinto maternal, y me parece mejor cuidar de mi bebito que estudiar matemáticas, lengua y esas cosas que no sirven para nada.*

—Doncs jo em penso que sí, que serveixen. I molt. No pots pensar a ser mare sense tenir una feina digna! No pots ser mare sense tenir l'ESO!

—*Ya estudiará el Àlex. Al fin y al cabo, es él quien tiene que traer dinero a la familia.*

La Vane pensava com una dona de cinquanta anys enrere. Una dona equivocada, és clar. Però el cas és que, equivocada o no, ella podia sospesar aquella idea estúpida de ser mare i jo no. I si resultava que jo patia un retard de creixement important? I si el meu cos en negava a desenvolupar-se? Segur que hi ha casos al món de nenes que mai no deixen de ser-ho. Nenes que no són mai dones i que estan condemnades a viure un martiri infantil sense fi. I si m'havia tocat a mi, aquella loteria infame? La vida és injusta! Per què dimonis m'havia de passar a mi?

L'endemà a l'hora del pati, l'ambient sota la cistella estava enrarit. En Tom, passota i desagradable, no parlava amb ningú, com si hagués perdut l'interès per la colla. La Carla va tornar a aparèixer, acompanyada d'en Pau, i ens va donar mil i una explicacions per excusar-se d'allò que li havien fet els perruquers gòtics a la Pajarica. La Marga, totalment d'acord amb en Pau, va dir que la Vane era lliure de fer-se el que li donés la gana als cabells i a la cara, i que sobre gustos no hi ha res escrit.

En Jerry estava neguitós perquè, un dia més, l'Assump no era al pati.

—Em pregunto quin profe li dóna permís per quedar-se a estudiar a la classe.

—Jo em penso que no baixa per no haver-se d'estar amb les tòtiles i la Lourdes —va dir l'Iker—. La pobra s'ho passa molt malament anant i tornant del pedrís a la cistella com una desesperada.

—I aleshores, per què no parla d'una vegada amb la seva amiga i li explica la veritat?

—Perquè la Lourdes és una bruixa —va dir l'Àlex, que a continuació es va girar cap a la Pajarica—. *Mejorando lo presente, claro.*

En Harry continuava molest pel tema de l'olimpíada matemàtica i reclamava una acció contundent contra el profe de mates. En Tom, que normalment callava i el deixava dir, va saltar amb un estirabot.

—Tu ets imbècil, Harry! Això és el que passa! No en tens ni idea de mates! Sóc jo qui ha d'estar nerviós per la responsabilitat que m'ha caigut a sobre! Em toca representar l'escola enmig de centenars de nens d'altres col·les! Jo sí que tinc motius per estar angoixat! Només de sentir les teves queixes em poso dels nervis, maleït porc inculte!

—Ep, ep! —va defensar, l'Iker, el seu company—. Que ningú no t'ha insultat, Calvó!

—I tu, a callar la boca, miramorts!

Estava a punt de produir-se una baralla, amb l'agreujant que la persona que normalment aturava els enfrontaments, aquest cop era un dels contrincants. Per això en Jerry va fer les funcions del seu bessó i va aconseguir que la cosa no anés més enllà. Però en Harry i l'Iker se'n van anar de la cistella i, poc després, ho va fer també en Tom. Realment estàvem vivint un moment de crisi al club.

—Em ve de gust un entrepà de formatge! —va exclamar la Marga.

—A mi també! —la va secundar el ridícul d'en Pau.

Deu minuts abans de tocar el timbre, l'Àlex va dir que allò era un pal i se'n va anar a buscar els seus amics que jugaven a cartes de Magic. Quatre membres del club sèiem solitaris sota la cistella. Aquella situació era molt estranya, i en Jerry es va preguntar si era un símptoma de final d'etapa.

—És llei de vida —va dir, capbaix—. Les coses comencen i s'acaben.

Dit això, es va posar dret, es va espolsar els pantalons i va dir que se n'anava a consolar el seu germà.

La Pajarica i la Carla m'observaven en silenci. Ja només quedàvem nosaltres tres. O sigui jo, la fundadora, i les dues nenes que no volia que fossin al club. Era per posar-se a plorar.

Però, com sempre diu la meva àvia Rosa, a les penes punyalades.

—Noies, si em jureu no dir res a ningú, em penso que tenim una missió.

Mai no m'hauria pensat que em tocaria redreçar el club amb la col·laboració d'aquell parell. La gòtica bipolar i la néta de la bruixa, que abans no piulava i ara era com una ràdio. Ho vaig entomar com un senyal; com si algú em digués: «Martina, tu que volies tenir un club, a veure si ets capaç de superar aquesta prova de foc.»

Aquell migdia, abans d'anar cap a casa a dinar, em vaig reunir amb elles en secret en un racó del pati de dalt i els vaig exposar el cas de l'Assump.

—*¿Secuestrada?*

La Vane no s'ho podia creure. Ni l'una ni l'altra tenien una relació especial amb la mongeta presonera, i vaig pensar que aquell desafecte personal facilitaria les coses. La Pajarica havia sofert en les seva pròpia carn l'autoritarisme sense fre de la Lourdes, ja que abans de pertànyer al club, la Vane era una de les seves acòlites apocades i marginals. Segons ella, la Lourdes les turmentava.

—No nos dejaba hablar si antes no levantábamos la mano, igual que en clase. Nos daba lecciones sin parar y nos decía lo que podíamos hacer y lo que no.

També va explicar que l'Assump i la Lourdes les obligaven a vestir de manera que no cridessin l'atenció ni fessin ombra a les líders. A les festes que organitzaven, les nenes convidades estaven obligades a entretenir-les i a preparar *shows* i *playbacks* per a elles.

—Un día, nos hicieron jugar a limpiar su habitación. Mientras ellas miraban un DVD de High School Musical*, las demás tuvimos que quitar el polvo de los libros, barrer el suelo, hacer la cama y hasta pasar el mocho.*

Unes dèspotes. Així eren aquell parell de nenes presumptuoses que anaven de monges. A la Carla, evidentment, tot allò li resultava increïble. Ella anava a la classe de les dictadores i deia que no obrien mai la boca.

—Ningú no els fa cas. Tothom passa d'elles. I no són gaire llestes, que diguem. Em penso que durant l'hora del pati es vengen de la societat a costa de les seves protegides desvalgudes. És la manera que tenen de sentir-se poderoses.

Van estar d'acord a dur a terme una acció doble: d'una banda, excarcerar l'Assump de la seva presó («*aunque en el fondo es tan mala como la Lourdes*», segons la Pajarica), i de l'altra, escarmentar la segrestadora i alliberar del seu jou les pobres tòtiles del pedrís.

—El meu pla és el següent —els vaig anunciar—. Tu, Vanesa, per les teves característiques físiques i socials, t'encarregaràs d'infiltrar-te a la colla del pedrís.

Demanaràs a la Lourdes que si us plau t'admeti un altre cop al seu grup, i la teva missió serà treure informació. La Carla i jo esbrinarem on té tancada l'Assump durant el pati, la deixarem en llibertat, i l'obligarem a enfrontar-se a la seva captora.

La Pajarica va protestar: no volia passar-se l'hora del pati fent dictats i escoltant el rotllo de la Lourdes.

—Pensa que ets com una policia secreta. No estaràs allà perquè vols, sinó per acomplir una missió. I no parlis tant com fas ara. Tu has de ser com eres abans, calladeta i apagada. I torna a pintar-te les ungles de rosa, i no de negre.

—*¿Y el pelo?*

—Jo te'l puc arreglar una mica —va suggerir la Carla.

L'endemà, i per primer cop des que vam tornar de les vacances, la Pajarica no em va venir a buscar a la classe. També per primer cop, la Marga no em va esperar per sortir juntes al pati.

Havíem quedat amb la Carla davant de la zona dels entrepans. Vaig descobrir que només en Harry i l'Iker esperaven sota la cistella. Ni els bessons, ni l'Àlex, ni la Marga, ni en Pau no hi eren. Al pedrís de les monges, la Pajarica seia al costat de les altres. La Carla li havia tallat els cabells i els hi havia deixat curts, mig esquilats, sense cap gràcia. Semblava una nena d'aquelles polloses que surten a les pel·lis sobre la Guerra Civil Espanyola i que passaven gana i misèria. La Lourdes, dreta davant de les seves protegides, els estava donant unes cosetes que no vaig poder reconèixer, i mentrestant les alliçonava. La pobra Vanesa, capcota, em va fer pena. Quin sacrifici!

—Has vist que la Pajarica ha tornat amb les mongetes?

Era en Tom. Se m'havia acostat per darrere, amb un llibre de matemàtiques a les mans.

—No m'estranya. Si desapareix el club, bé s'ha de buscar la vida, la pobra.

—Qui ho ha dit que el club ja no existeix?

—Tu mateix. Ahir ho vas deixar ben clar —li vaig contestar, i de seguida vaig anar a reunir-me amb la Carla.

Ens vam colar escales amunt, cap a les classes. Primer de tot vam fer una visita a totes les aules de l'ESO, però l'Assump no era enlloc. On dimonis podia tancar-la? Vam picar les portes de les aules del tercer pis, la d'audiovisuals i el laboratori. Ni rastre. No la vam trobar a informàtica, ni a plàstica, ni a la planta del batxillerat. Vam anar a parlar amb el senyor Antonio, el de manteniment. Tenia un taller força ample, ple d'andròmines, estris de fuster i d'electricista, i mobles vells per reparar. L'Assump no hi era. Després vam preguntar a la senyora Conchi, la de la neteja. Amb una excusa inversemblant (li vam dir que la mare de la Carla volia saber amb quins productes netejava, perquè resultava que la seva filla era al·lèrgica i que de tant en tant se li omplia la cara de grans) ens va portar a l'habitació de sota l'escala on guardava les escombres, els pals de fregar, els draps i els productes.

—I ja ho sap, el director, això de l'al·lèrgia? —ens

va demanar, esporuguida—. Només falta que m'acusin de provocar malalties!

Durant aquells trenta minuts vam recórrer tota l'escola i no vam trobar l'Assump enlloc.

—Potser avui no ha vingut a classe —va suggerir la Carla.

Quan va sonar el timbre, a dos quarts de dotze, la Carla i jo vam esperar palplantades davant de la porta de la seva classe de segon d'ESO. Dos minuts més tard, la Lourdes i l'Assump van arribar juntes. La segrestada em va mirar amb ulls vidriosos i va abaixar el cap. Estava blanca com una mòmia.

A la porta de la meva classe m'esperava la Vanesa.

—La Lourdes nos ha obligado a hacer complementos de bisutería. Llevaba un montón de cuentas de plástico y unos hilos. Nos ha tenido la media hora haciendo pulseritas y collares. Dice que luego las vamos a vender y que con el dinero nos organizará una fiesta.

A sobre, explotació laboral. Aquella nena acabaria a la presó.

La Tarta, que seu al meu costat, em va dir que potser hauria d'anar tota sola a l'olimpíada matemàtica, perquè en Tom s'havia fet enrere i havia decidit no participar-hi.

—El tut... tut... tutor diu que en T... T...Tom está n... n...erviós i no es con... co... concentra per est... est... estudiar.

El tutor els havia reunit amb el profe de mates per avaluar la situació. Ja tenien fetes les fitxes de participació i havien enviat les fotos i l'historial acadèmic de tots dos als organitzadors del concurs. Però en Tom, plorant, havia reconegut que la responsabilitat el superava i que no es veia capaç de presentar-s'hi.

Em vaig girar per contemplar el pobre Tom assegut a la seva taula. S'agafava el cap amb les mans i ni tan sols escoltava el tutor, que ens explicava el proper crèdit de síntesi que faríem a finals de maig. Aniríem a passar tres dies als aiguamolls de l'Empordà. Visitaríem el parc natural, les ruïnes d'Empúries, el poble pescador de l'Escala i faríem activitats aquàtiques a la platja. Dormiríem en bungalous, en un càmping proper, i ens acompanyarien els alumnes de segon d'ESO. Si el club continués viu, aquella notícia m'hauria alegrat la setmana, perquè significaria que, tret de la Vanesa, estaríem tots junts passant dues nits fora de casa i fent activitats divertides. Però el club se n'havia anat a la merda, i tot m'era igual.

—A la platja? Ens banyarem? —va preguntar en Tito Casona, un dels brètols de la classe—. Jo en sé d'un que ho passarà fatal!

Tota la classe va riure. En Tito es referia a l'Àlex, que, des que va veure com en la pel·li *Tiburón* la bèstia es menjava un nen que es deia Àlex, no podia ficar un peu a l'aigua sense morir-se de por. L'Àlex no va contestar. I jo, que sóc molt observadora, em va semblar que l'Enric Mitjà, en lloc de riure com els altres, es va mirar el seu company de taula amb uns ulls de commiseració i, subtilment, quan la resta va deixar d'observar-los per continuar escoltant el tutor, li va posar una mà sobre l'espatlla.

Quan vaig tornar de dinar, i abans de començar les classes de la tarda, la Vane i la Carla m'esperaven davant de secretaria. Totes dues es quedaven a dinar a l'escola.

—*Me he pasado las horas haciendo las dichosas pulseritas de colores para ese monstruo* —em va explicar la Vanesa—. *¡No nos ha dejado comer el plátano de postre hasta que no tuviéramos los collares terminados!*

La Carla em va anunciar que havia fet un descobriment molt interessant.

—Ha estat a l'hora de dibuix. A l'aula de plàstica, el profe guarda treballs que han fet alumnes d'anys anteriors. I avui, com que ens parlava de plànols i coses d'aquestes, ens ha mostrat un treball que havia fet un pringat de batxillerat com a treball de recerca. Eren els plànols de l'escola. El treball que proposava el noi era remodelar una ala de l'edifici, i per això va fer els plànols de tal com era i els de com seria segons el seu projecte. Una de la classe, mirant els plànols, ha preguntat què era allò que hi havia dins del taller del senyor Antonio. «És una mena de soterrani que no s'utilitza i que fa molts anys havia servit com a vestuari i dutxes», ha explicat el professor. Resulta que l'accés al soterrani és dins del taller, a través d'una porta que està dissimulada al racó on l'home guarda les fustes i les xapes metàl·liques.

Si em punxen no em troben sang. Hi ha un passadís secret a l'escola? Un soterrani abandonat?

—Quan s'ha acabat la classe, he tornat a mirar el plànol. Sé on és. El que no sé és com s'hi entra. Potser el senyor Antonio té una clau.

Però se'm va ocórrer una idea millor per esbrinar-ho.

L'endemà, a l'hora del pati, la Carla i jo vam sortir pitant de classe per anar al taller de manteniment. El senyor Antonio no hi era. Potser havia anat a esmorzar. Ens vam amagar sota la gran taula de fusta que feia servir per tallar llistons i polir cantonades. Tot estava brut i ple d'encenalls, però teníem una missió i no hi havia res que ens pogués aturar.

Dos minuts més tard, la Lourdes va arribar al taller. Duia l'Assump agafada de la mà. La conduïa cap a la porta camuflada del racó. La Lourdes, en silenci i cara de pomes agres, es va treure una clau de la butxaca dels texans i la va posar al pany de la porta. L'Assump gemegava una mica, però no va protestar. Ambdues van entrar a l'amagatall i van desaparèixer. Uns segons després, la Lourdes va sortir tota sola i va tancar la porta amb clau abans de marxar del taller.

Era increïble, però real! La Lourdes havia tancat l'Assump al soterrani! Ben segur que a les fosques! Abans de tenir temps de reaccionar, vam sentir unes passes que s'acostaven. Unes passes i un rot. Era el senyor Antonio, que, sens dubte, tornava d'esmorzar. Va posar la ràdio i va començar a treballar. La Carla i jo érem sota la taula, i d'alguna manera havíem de sortir. I el millor seria que el senyor Antonio no ens veiés, perquè era difícil trobar una excusa per justificar què hi fèiem allà amagades.

Tot d'una vam sentir el soroll d'una serra mecànica que s'engegava i, al mateix temps, el cop d'un tros de fusta que queia sobre la taula. A continuació, un núvol de pols finíssima i d'encenalls ens va cobrir per complet i ens va obligar a tapar-nos el nas i la boca amb les mans. Però allò era inaguantable, i cinc segons després estàvem totes dues tossint com unes desesperades mentre sortíem disparades de l'amagatall.

—Però què coi hi feu, aquí sota? —va exclamar l'home aturant la serra—. Que us heu begut l'enteniment o què? És perillós! Us podia haver fet mal!

La Carla i jo, de genolls a terra i plenes de pols, no paràvem d'estossegar. Ens fregàvem els ulls desesperadament, perquè ens picaven una barbaritat.

—Vaig a buscar el director! —va cridar l'home.

—No! Si us plau! —vaig suplicar sense parar de tossir i mentre m'incorporava tot espolsant-me el jersei i els pantalons—. No, senyor Antonio, jo l'hi explicaré!

—No estaríeu fent marranades? —va preguntar l'home, malfiant-se.

—No senyor, i ara! Estàvem buscant una arracada. La meva amiga volia un trosset de fusta per fer un treball de manualitats. Com que vostè no hi era, no li ho hem pogut demanar. I mentre buscàvem la fusta, doncs li ha caigut l'arracada, i ha anat a parar a sota la taula.

Això de l'arracada em va anar bé, perquè la Carla, com que és mig gòtica, només en du una, enorme i en forma de creu. L'home ens mirava, incrèdul, amb la serra mecànica a les mans, igual com faria l'assassí en sèrie d'una de les pel·lícules que agraden a l'Iker.

Li vam demanar perdó, i li vam suplicar que no digués res a ningú. Que ho lamentàvem i que no tornaria a passar.

—M'heu donat un ensurt de mort!

Polsoses i atordides, vam sortir del taller fetes un cromo. Vam anar de seguida al lavabo a rentar-nos la cara i vam acabar d'espolsar-nos la roba l'una a l'altra.

—La té segrestada al soterrani! És al·lucinant, però ho hem comprovat amb els nostres propis ulls! El que està fent aquella bruixa és un delicte! Fa el mateix que fan els terroristes amb les seves víctimes!

—I ara què farem? —em va preguntar la Carla—. Ho expliquem al director?

—No ho sé. La Lourdes és una psicòpata, i vés a saber quina excusa tindrà o quin mal farà a l'Assump si la delatem. Primer de tot, hem de robar-li la clau del soterrani i alliberar la seva esclava. Després haurem de parlar amb els del club i buscar una solució definitiva contra les atrocitats d'aquest monstre amb cara de monja.

Abans d'anar a dinar, ho vam explicar tot a la Pajarica, que ens va escoltar bocabadada. Ella, al seu torn, ens va explicar una altra història que posava els pèls de punta. Resulta que la Maggie i la Croma —li diuen Croma per *Cromanyó*, perquè sembla una dona primitiva del temps de les cavernes— li havien explicat mentre feien collarets que fa dos anys una de les nenes del pedrís havia desaparegut sense deixar rastre. Que d'un dia per l'altre havia marxat de l'escola i ningú no n'havia sabut res més.

—I si la té tancada al soterrani des d'aleshores? I si l'alimenta amb pa i aigua i no la deixa sortir del cau?

Tot allò era molt fort. I esgarrifós. Vaig dir a la Vanesa que el més urgent era robar la clau de la Lourdes i alliberar la segrestada. O les segrestades.

—*¿Y cómo se la robo? ¿Le pego una paliza y se la quito? ¿Le clavo las uñas en el cogote?*

—*Mejor no ser tan impetuosa y violenta, Vane, que no queremos parecernos a ella. A ver si se nos ocurre una manera más sutil e inteligente.*

—*A ver* —va fer ella.

És clar que *intel·ligència*, *subtilesa* i *Pajarica* eren conceptes difícils d'encaixar. I precisament per això, per aquesta dificultat d'encaixar conceptes, l'endemà la Lourdes lluïa un ull botit i la Vanesa estava expulsada per sempre més del pedrís.

—*Intenté dialogar con ella, pero no se deja enredar fácilmente* —em va explicar la meva sòcia mentre em donava una claueta diminuta—. *Es una copia. La hizo mi papá, que ya sabes que trabaja en un rápido.*

—La vas estomacar per treure-li?

—*Al menos no voy a tener que hacer más collares* —va dir ella, encongint-se d'espatlles.

No en vaig treure l'aigua clara, però, fos com fos, la Lourdes no va sospitar que la Pajarica li havia robat la clau per fer-ne una còpia, perquè a l'hora del pati es va presentar al pedrís envoltada de les seves súbdites, com cada dia. Amb l'ull *a la funerala*, que diu la meva àvia, però sense l'Assump.

—Afanyem-nos! —vaig apressar les meves companyes—. Anem a alliberar-la abans que el senyor Antonio torni d'esmorzar!

Vam córrer cap al taller, que estava desocupat, i vam obrir la porta del refugi secret. Una foscor insondable es va obrir davant dels nostres peus. Només els primers esglaons d'una tètrica escala eren visibles enmig de la tenebra.

—Assump! Assump, sóc jo, la Martina! —vaig cridar.

De seguida es va obrir una bombeta que penjava d'un fil sobre el sostre de l'escala. A peu pla, uns deu esglaons per sota de nosaltres, hi havia l'Assump, que es tapava la boca amb una mà.

—Martina! Com m'heu trobat?

En aquell moment, la Carla va dir que sentia les passes del senyor Antonio que s'acostava al taller.

—Entra i tanca! Que no ens vegi!

Vam baixar els esglaons en silenci, procurant no fer soroll. L'escala era més vella que anar a peu, de fusta corcada. Quan vam ser a baix, l'Assump se'm va llançar als braços, fent esforços per no plorar.

—Oh, Martina! Fa dies que passo tanta por!

—Com t'has deixat fer això? No ho puc entendre!

La Pajarica i la Carla recorrien l'interior d'aquell tuguri. Segons els plànols, havia estat una mena de vestidor, i en quedaven proves: uns bancs de fusta baixos i uns compartiments amb telèfons de dutxa rovellats. El personal de l'escola ho feia servir de magatzem, perquè hi havia els cavallets de fusta gruixuts que s'utilitzaven per muntar la tarima a l'aire lliure els dies de festa o representació teatral. També hi vam trobar el ninot de Carnestoltes fet de paper maixé i un munt d'andròmines més.

—M'encanta aquest lloc! —va exclamar la Carla—. Sembla l'escenari d'una pel·li de terror!

La Pajarica va preguntar a l'Assump si hi havia cap altra nena segrestada.

—*La Maggie y la Croma piensan que a lo mejor aquí hay más niñas.*

—No, per Déu! Quina por! —va fer la nena, espantada, i després se'm va dirigir—. A l'hora del pati em tanca aquí sola i diu que és el meu càstig per haver-li fallat. Diu que és la penitència que em toca pagar per expiar els meus pecats.

—Parla com una monja diabòlica! Et traurem d'aquí i ho denunciarem als profes. A aquesta nena li caurà un puro dels grossos!

La Carla va tenir una bona idea.

—I si l'espantem? I si li donem un ensurt que no oblidarà mai de la vida? Avui aquesta sonada es cagarà a les calces!

L'Assump ens va explicar que, quan tocava el timbre, el senyor Antonio se n'anava del taller per obrir no sé quina aula dels petits. Aleshores arribava la Lourdes, obria la porta del soterrani i la cridava perquè pugés.

—Bé, doncs, avui, quan ho faci, tu no contestaràs. Ni obriràs el llum. Ens quedarem callades i l'obligarem que baixi les escales a les fosques per esbrinar on ets i què fas.

Vam trobar un munt de roba vella. Hi havia les

disfresses del pessebre vivent que es feia per Nadal i moltes coses del Carnestoltes. Ens vam vestir de blanc, com nines antigues d'aquelles que fan por.

A dos quarts de dotze vam sentir el timbre del final de pati. Poc després, algú va obrir la porta des de dalt de l'escala.

—Assump! Ja pots pujar! —la va cridar la Lourdes.

Ens vam quedar en silenci enmig de la foscor.

—Assump! —va insistir l'altra.

Res. Com si no hi hagués ningú.

—Assump! Vols fer el favor de pujar? —va cridar encara la Lourdes.

Aleshores vam sentir com, a poc a poc, baixava l'escala sense deixar de remugar.

—Vols fer el favor de pujar, estúpida? Això està molt fosc! Obre el llum! On ets, maleït siga?

Quan va ser a baix, va veure la seva esclava dreta i immòbil en un racó.

—Hi ha nenes mortes aquí, Lourdes —va dir l'Assump—. Això està ple de nenes mortes. Les has matat tu?

En la penombra, l'Assump va assenyalar als seus peus, on jeia jo, vestida de blanc com un angelet, panxa avall.

—Aquesta d'aquí és ben morta —va dir l'Assump—. Les altres han ressuscitat.

Em aquell moment, la Vanesa i la Carla van aparèixer de les dutxes. Anaven embolicades amb una mena de mortalla. La Carla va fingir una veu gutural i estrafeta.

—Looooouuuurdessssss!!!!! Hem vingut a venjar-noooooooooooossssssssss!!!!

La nena va fer un crit esgarrifós. Fosc com era, va ensopegar amb el primer esglaó i va caure a terra, sense deixar de bramar com una bèstia.

—Loooouuurdesssssssss!!!!!!!!!!

Histèrica, sense saber on anava, la sàdica va pujar escales amunt de quatre grapes, cridant com una posseïda, i es va oblidar fins i tot de tancar la porta de l'amagatall.

Ens vam fer un fart de riure abans de treure'ns la roba i sortir del cau tenebrós. L'únic problema va ser que, just quan trèiem el cap al taller, el senyor Antonio ens esperava palplantat, preguntant-se segurament qui havia obert el soterrani.

—Però es pot saber d'on sortiu? —i de seguida ens va reconèixer, a la Carla i a mi—. Torneu a ser vosaltres dues? Això ja passa de *castaño oscuro*!

—Perdoni, senyor Antonio —vaig improvisar—. Només volia ensenyar a les meves amigues l'antic vestidor. La meva mare va estudiar aquí i les nenes del seu curs l'utilitzaven...

—I com hi heu entrat, si es pot saber?

—*Nos ha abierto el espíritu* —va dir la Vanesa.

—Qui?

—*El espíritu* —va repetir—. *Aquí dentro vive el espíritu de una antigua alumna muerta.*

—Però... què t'empatolles, nena?

—*Nos lo dijo su madre. Y es verdad. Aquí abajo vive el espíritu de la difunta. Él nos ha abierto la puerta.*

Les altres tres ens vam quedar mudes. Ni ganes de riure, vam tenir. La Vanesa parlava amb una seguretat que també feia cagar de por.

—*¡Como os vuelva a ver por aquí, os denuncio! ¡Un expediente disciplinario os van a abrir si os vuelvo a ver rondando por el taller!* Ha quedat clar?

Totes quatre vam fer que sí amb el cap i vam sortir de pressa. A fora, davant de secretaria, ens vam posar a riure com unes beneites.

—Què us passa, nenes? —va preguntar-nos la secretària, que havia sortit de darrere el taulell de recepció—. Que no hauríeu de ser a classe, vosaltres?

En aquell moment va baixar la Dolors, la professora d'anglès. Venia feta una fúria. Darrere seu, caminant a poc a poc i separant només una mica les cametes, la seguia la Lourdes.

—Que s'ha fet caca a sobre! —bramava la Dolors a la secretària, assenyalant la monja perversa—. Així com ho sents! S'ha cagat a les calces!

Jo em vaig haver d'asseure en una cadira per no imitar-la: m'estava a punt de fer pipí de tant de riure. Aquell dia vaig aprendre que l'expressió *cagar-se de por* pot ser literal.

La cartera de l'Enric

L'enrenou que es va muntar aquell dia va ser espectacular. Tant, que finalment es va saber tot. Els pares de la Lourdes van ser convocats a una entrevista amb el director, cosa que no havia passat mai a la vida. Els del club (o l'exclub) no s'ho podien creure.

—La tancava amb clau? En aquell *zulo*?

—I l'Assump s'ho deixava fer? Com és possible?

—Es va cagar de debò?

La Lourdes va estar tres dies sense venir a l'escola i la van castigar prohibint-li anar a l'Empordà durant el crèdit de síntesi. La mare de l'Assump va explicar a la meva mare que els pares de la Lourdes estaven horroritzats. No els entrava al cap que tinguessin una filla tan sàdica. Jo vaig pensar que allò significava el final de la colla del pedrís; que les nenes apocades s'havien quedat sense protectora, però que recuperaven la llibertat. Prou dictats, prou explotació laboral, prou sermons. L'endemà, totes soles sense líder, feien una mica de pena. La Pajarica s'hi va acostar per dir-los que anessin a jugar i que es mengessin l'entrepà.

—*¡Sois libres!*

Però em va semblar que es quedaven una mica desconcertades en aquell nou estat de llibertat sense vigilància. Com si no sabessin què fer.

—*Las podríamos admitir en el club* —va suggerir la Vanesa.

—Només ens faltaria això! —va contestar en Jerry.

Tornàvem a ser tots sota la cistella. Bé, gairebé tots. L'èxit de la nostra missió contra la Lourdes va ser de domini públic i vam aconseguir fer-nos una mica populars. Aquella mitja hora de pati, molts nens i nenes d'altres cursos es van acostar a la cistella per preguntar-nos com ho havíem fet i si era veritat tot el que s'explicava de la monja perversa.

L'Iker va quedar fascinat per la història de l'esperit que s'havia inventat la Vanesa.

—Tu el vas veure? L'esperit, vull dir.

—*Sí. Estaba allí. Mi abuela me enseñó cómo reconocer a los muertos, y allí hay uno. Bueno, una. Es el espíritu de una niña que desapareció hace muchos años.*

—Era una nena de l'escola?

—*Sí. La pobre no encuentra el camino hacia el reino de los muertos y por eso vive en el sótano como si fuera el limbo, hasta que alguien la libere. Tiene que hacerlo una médium.*

—Potser la teva àvia podria ajudar-la, no?

—*Tal vez.*

En Jerry es posava nerviós quan sentia aquelles converses surrealistes.

—Però no veus que t'enganya? No veus que s'ho inventa, burro?

—*¡No me lo invento!* —protestava ella—. *¡La niña estaba allí!*

L'únic que no va venir a reunir-se sota la cistella va ser en Tom. El seu germà ens va confirmar que estava patint molt pel tema de l'olimpíada. Feia dos dies havia dit que no s'hi presentava. Després, li va saber greu no fer-ho i va dir al profe de mates que sí, que hi aniria.

—Si hi va, pensa que pot fracassar i se sent responsable de fer quedar malament l'escola —ens explicava en Jerry—. Si no hi va, se sent responsable que l'escola no guanyi. És un conflicte mental difícil d'arreglar.

En Tom es quedava a la biblioteca durant el pati. S'aïllava a la taula del racó envoltat de llibres de matemàtiques. El seu germà estava convençut que es posaria malalt. Per Sant Jordi no va preparar cap poesia, cosa ben estranya, perquè sent com era un home de ciències, també tenia traça amb la poesia i gairebé sempre guanyava el concurs literari que organitzava l'escola. La que no tenia tanta sort amb les poesies era la Pajarica. Ella es passava el dia fent poemes, però mai no li havien donat cap premi. Eren poemes d'amor una mica carrinclons. Jo sempre li recomanava que no utilitzés paraules tòpiques, com ara *corazón* o *esperanza*, i que provés de tocar temes nous.

—Fixa't en en Tom. L'any passat, a sisè, va guanyar amb un poema que anava sobre els mexicans que proven de creuar la frontera amb els Estats Units. Això sí que és un tema modern i diferent!

—*Es que a mí, si no son románticos, los poemas no me salen.*

A més a més, moltes vegades se'ls copiava de poetes famosos. La nena no es tallava ni un pèl: si no se li ocorria cap frase, agafava el llibre de llengua i copiava de qui fos. Quan els bessons li deien que allò no es podia fer, que era una mena de robatori, ella els replicava que també era un robatori baixar-se la música gratis d'internet.

L'Àlex rebia molts poemes de la Pajarica per correu, però els esborrava sense llegir-los.

—Hauries de veure els títols —em deia l'Àlex—. *Un mundo de fantasía para ti*, *Tus besos en mis labios*, *Llevo tu corazón en el mío*...

—Pobra. Les hores que es deu passar fent els poemes...

—Segur que se'ls copia...

L'Àlex va anunciar al tutor que no aniria al crèdit de síntesi a l'Empordà i que duria una justificació dels seus pares. El tutor li va dir que era obligatori i que no intentés fugir d'estudi amb excuses.

—Anem a treballar i a fer activitats d'escola, a part de passar-ho bé. I tu ets un alumne de primer que ha de fer les activitats com tothom.

Tampoc no sabia com fer-s'ho per no anar a la festa de la Vane. La festa d'aniversari dels quinze anys s'acostava i finalment ens va convidar a tots, sense excepcions. Seria un diumenge, a l'hora de dinar, i es faria en un hotel. Fent càlculs, vaig comptar que a la festa hi hauria més de vuitanta persones. S'havien de respectar unes condicions: vestit una mica llarg i sabates, les nenes, i camisa, americana i corbata, els nens.

—Jo no tinc americana —va protestar l'Iker.

—*Pues te pones una de tu padre.*

—Però si el meu pare té quaranta-vuit anys i jo només tretze! M'anirà gran!

—*Pues te dejaré una de mi hermano.*

L'Assump estava radiant, perquè per fi s'havia alliberat de les urpes de la Lourdes. Es passava el dia al costat d'en Jerry, i va seguir la tàctica de la Pajarica d'anar-lo a buscar a la classe abans de sortir al pati.

—Sóc tan feliç amb ell, Martina!

La seva mare havia volgut conèixer el bessó, i un dia el va convidar a dinar a casa. En Jerry va explicar que estava una mica tallat i que s'ho havia passat fatal. A la germana petita de l'Assump li va fer gràcia que tingués un germà bessó i que s'assemblessin tant. També ens va dir que més endavant volien fer un altre dinar perquè el conegués la resta de la família: avis, ties i oncles.

—Ni que estiguéssim a punt de casar-nos! No penso anar-hi!

Sobre el tema de la Lourdes, durant el dinar hi van passar de puntetes.

—Parlen molt bé de tu, Martina —em va dir en Jerry—. Pensen que la seva filla fa molt bé d'anar amb tu i no amb l'altra. És com si a la Lourdes li tinguessin por des que va passar allò del soterrani.

—Abans estaven encantats amb ella. Jo era la dolenta i la Lourdes era la bona.

—Doncs sembla que s'ha girat la truita.

En Pau volia ajudar en Tom. Li sabia greu que no es

reunís amb nosaltres sota la cistella i que s'ho estigués passant malament per culpa de la maleïda olimpíada. El dia que vam formar una petita comissió per anar-lo a visitar a la biblioteca, ens va fer fora de males maneres.

—Foteu el camp d'aquí! Estic estudiant! Tinc coses més importants per fer! Passo del vostre club de patètics!

Pobre Tom. Vam aconsellar en Jerry que parlés amb el seu germà. Que li digués que no era bo que l'olimpíada el neguitegés tant; que fes un cop de cap i renunciés a presentar-s'hi; que aquell malviure actual el convertiria en una altra persona. L'única companyia que acceptava en Tom era la del seu germà. I ho feia per força, és clar, perquè vivien a la mateixa casa i dormien a la mateixa habitació. No va voler ni sentir a parlar de la festa de la Pajarica.

—Tinc altres coses al cap abans que assistir a la festa cutre d'aquesta poca-solta pesada!

Realment, en Tom tenia un problema que li estava minant el caràcter.

El 18 d'abril, tres dies abans de la festa de *quinceañeras* de la Vane, hi va haver problemes a la classe: va desaparèixer la cartera de l'Enric Mitjà. El furt, segons ell, va tenir lloc durant la classe d'educació física. Algú havia entrat als vestidors dels nois i havia regirat els pantalons de tothom. L'Enric es va posar fet un energumen. Va sortir el gallet que duia a dins, i el van secundar els seus acòlits, en Tito Casona i l'Òscar Linares. El tutor, coneixent-lo, li va recomanar que es calmés; que potser havia perdut la cartera a l'hora del pati («traient-te els cigarrets per fumar d'amagat», va afegir), potser l'havia perduda el dia abans al parc («fent el brètol amb els teus amics *skaters*», va dir) o potser se l'havia deixada a casa («que mai no saps on tens el cap, nano», va insistir). L'Enric s'enfilava per les parets.

—Després de Nadal ens vas castigar a tots perquè havien robat el mòbil del miramorts! —va exclamar, referint-se a l'Iker—. I ara que em roben a mi, no penses fer res?

Mirat així, era una mica injust. Però tots sabíem que el profe tenia raó: l'Enric podia haver perdut la cartera en qualsevol lloc. Fins i tot podia haver-se inventat el robatori per perjudicar algú altre. Era el seu estil. Era un nen abocat a la maldat. Ningú no se'n refiava ni un pèl, perquè la seva ment era dolenta i retorçada.

I així va ser: a part dels seus col·legues, ningú no va lamentar la seva desgràcia ni va moure un dit per ajudar-lo. Ell ho va entomar molt malament. «El món contra mi», devia pensar. «La classe de primer d'ESO contra mi.» Segur que era complicat admetre que algú que sempre havia estat botxí, ara es convertia en víctima.

La primera mostra del seu poder, la vam tenir aquell mateix dia després de la darrera classe de la tarda. El profe de català va fer baixar l'Àlex a buscar unes fotocòpies a secretaria. Quan va tornar, l'Àlex va anunciar a la classe que el tutor li havia dit que ningú no marxés quan sonés el timbre, que havia de pujar a parlar-nos.

A dos quarts de sis en punt, el profe de català va sortir de l'aula sense esperar que arribés el tutor. Aleshores, en Tito Casona va anar cap a la porta i la va tancar amb clau. Per dins.

—D'on has tret la clau? —va preguntar en Jerry.

—P... p... per què ens has t... t... tancat? —va voler saber la Tarta.

L'Enric Mitjà s'havia aixecat de la cadira i estava dret davant de la pissarra.

—Això és una batuda! —va exclamar com si fos un poli que entrés en un cau on se celebrava una timba il·legal—. No sortirà ningú d'aquí fins que no aparegui la meva cartera!

La gent va protestar. Els tres brètols s'havien amotinat!

—Ja podeu començar a buidar les butxaques i a deixar tot el que dueu a sobre la taula! —ens va ordenar l'Enric—. En Tito i l'Òscar passaran a revisar les motxilles!

En Tom, que era el més indicat per protestar contra un abús d'aquella magnitud, no va ni piular. Obsessionat com estava amb el seu problema, es va quedar callat sense fer res.

L'Enric va passar per la primera fila. Va obligar els companys a treure's tot el que duien a les butxaques.

—T'estàs passant, Mitjà —li va dir la Marga, que es negava a fer el que aquell impresentable li ordenava—. Quan arribi el tutor te'n caurà una de grossa.

—Buida les butxaques i calla, gavatxa! —li va contestar l'imbècil.

—No em dóna la gana.

—Si no ho fas voluntàriament, ho farem nosaltres a la força.

—Tu em fots la mà a sobre i t'escupo a la cara! —li va deixar anar ella.

Era una injustícia! Un abús amb totes les de la llei! Els tres gallets ens estaven humiliant fent-nos fer el que volien i tractant-nos de lladres. La Tarta no s'ho podia creure.

—Tant d... de bo arr... arr... arribi de seguida el tut... tut... tutor.

Però el tutor trigava molt, i la camarilla dels idiotes s'estaven sortint amb la seva: la gent els tenia molta por i massa respecte i, tret d'uns quants com ara la Marga, la resta es buidava les butxaques mentre en Tito i l'Òscar els remenaven la motxilla. Un munt de carteres, targetes de metro, xavalla, mòbils i clauers omplien les taules de primer d'ESO.

Malgrat aquella operació denigrant, la cartera de l'Enric no va aparèixer per enlloc. Quan van haver inspeccionat tots els alumnes, en Tito va obrir la porta amb clau.

—Ja podeu sortir —va anunciar.

—I una merda! —va escridassar-lo la Marga—. Ara vindrà el tutor i li explicarem què ha passat aquí!

—El tutor no vindrà. Era una mentida —va confessar l'Enric.

Jo em vaig quedar de pedra. Havia estat l'Àlex, tornant de buscar les fotocòpies, qui havia anunciat que el tutor vindria. Com si se l'hagués trobat de casualitat a secretaria i li hagués donat el missatge. L'Àlex, sense fer-se notar, va recollir les seves pertinences de damunt de la taula, va agafar la motxilla i va sortir de la classe. Si em punxen no em troben sang. L'Àlex havia dit una mentida? Ens havia fet quedar a la classe perquè els imbècils ens humiliessin d'aquella manera? L'Àlex havia participat en aquella malifeta? No vaig ser l'única que ho va pensar.

—Si el tutor no havia de venir, per què ens ha mentit l'Àlex? —es preguntava en Jerry mentre sortíem.

—No pot ser —deia la Marga—. No em puc creure que l'Àlex estigui conxorxat amb ells. Li han fet buidar les butxaques com a tothom!

—Potser ho tenien pactat així —va suggerir en Jerry.

L'endemà, quan l'hi vam explicar, el tutor es va enfadar molt i els va castigar amb una redacció. Una redacció! Ens havien humiliat i els castigaven amb una redacció! Quina injustícia!

Aquell mateix dia, el senyor Antonio va veure per primera vegada l'Iker rondant pel taller.

—Què busques, nano?

—No res. Feia un volta.

—Doncs vés a donar-la al pati, que estic treballant.

A la tarda, després de dinar, se'l va tornar a trobar.

—Ja tornes a ser aquí, marrec?

L'Iker va somriure i es va encongir d'espatlles.

—A quina hora plega de treballar, vostè? —li va preguntar.

—Què n'has de fer, tu? —va fer l'home—. No sé

què dimonis us passa darrerament amb el taller! Cada setmana hi trobo intrusos!

Això ho deia per nosaltres, és clar. El senyor Antonio ens va delatar, però va ser per bé. Vam tornar-li la còpia de la clau del soterrani que la Pajarica havia fet i li vam demanar perdó. Ell es va lamentar que el primer dia no li haguéssim explicat el que estava passant.

—Jo us hauria ajudat a empaitar aquella nena tan perversa. Per cert —va dir l'home, que estava polint una taula vella abans de pintar-la—, no serà pas company vostre un nen menut i poca cosa que darrerament fa voltes pel taller? Ni que això fossin les Rambles!

El divendres abans de la festa de la Vane, sota la cistella i a l'hora del pati, mentre els altres xerràvem sobre la roba que ens posaríem i l'amfitriona ens comentava els jocs i les tradicions que se celebrarien, el senyor Antonio va enxampar l'Iker sortint del soterrani.

—Ja tornes a ser tu? I com dimonis hi has entrat aquí?

El va dur directament al director. L'Iker tenia una clau del soterrani i no volia dir d'on l'havia treta.

—Escolta bé, Iker —el va advertir el director—. Portàvem una temporada tranquil·la. Una temporada sense incidents d'aquests que ens posen nerviosos, especialment al teu pare. No tens visions, no veus cadàvers, no fas por a la gent... El tutor parla de tant en tant amb el psicòleg i sembla que la cosa funciona. Ara bé, tot es pot torçar. Si tornem a telefonar al teu pare i li diem que estàs obsessionat amb un soterrani...

—Però si no he fet res! Només hi he baixat perquè tenia curiositat!

—I qui t'ha donat la clau? D'on l'has agafada?

Però l'Iker es negava a contestar aquella pregunta. La mateixa que li vam fer nosaltres quan va sortir del despatx del director.

—Són coses meves.

—Què hi feies, allà sota? —li va preguntar en Pau.

—No res.

Tancat en banda. Mut com una tomba.

La primera sospita del que li passava la vaig tenir aquella mateixa tarda. La Vanesa i jo vam sortir juntes de l'escola. Ella em volia explicar un munt de coses de la festa de l'endemà. Ja havia donat instruccions a tots els convidats de com arribar a l'hotel. La nena va insistir molt en el tema de la correcció en el vestir, i li va ser impossible convèncer en Tom perquè s'hi apuntés.

—No m'atabalis! No penso anar-hi! M'amoïnen altres coses!

—*¡Pues tú te lo pierdes, gruñón!*

L'Àlex, finalment, havia acceptat la invitació. Va dir que tenia curiositat, i que estaríem tots junts, i que segur que menjaríem bé. Aquells dos últims dies, després d'haver-lo afusellat a preguntes i retrets, va jurar i rejurar que l'Enric l'havia amenaçat per fer-li dir la mentida mitjançant la qual els brètols van poder tancar-nos a la classe i regirar-nos les motxilles.

—Vosaltres no sabeu què és estar tot el dia al seu costat! És una tortura! Per no buscar-me més problemes, vaig dir que l'ajudaria amb allò de la visita del tutor. L'Enric em va escalfar el cap dient que robar era un delicte i que calia enxampar el lladre de la seva cartera com fos. Jo no tenia ni idea de què volia fer després! Us demano perdó, però també us demano que us poseu al meu lloc!

Tots van acceptar les disculpes. Però jo no m'ho vaig empassar. Jo sabia que hi havia alguna cosa més.

Aquella tarda, doncs, anant cap a casa meva, la Pajarica no parava de comentar coses de la festa. Que estaríem totes guapíssimes; que els nois farien goig tan ben vestits; que les cosines que farien de dames d'honor eren simpatiquíssimes i que ballaven molt bé la cúmbia, la *bachata* i el *reggaeton*; que la seva família estava encantada de rebre'ns...

—*Nos lo vamos a pasar bomba, Martina, ya verás.*

—Quants amics convides?

—*Pues al final seremos todos los del club; bueno, menos el Tom, claro, que está muy tonto. Vendrán también las niñas del banco de piedra, porque me dan pena y antes eran mis amigas....*

—Als teus pares els costarà cara la broma amb tants convidats...

—*Sí, bueno, un poco. Ah, y también viene la novia del Iker, pero ésa no gasta porque no come.*

«La novia de l'Iker»? Des de quan l'Iker tenia xicota? I què significava que «la novia de l'Iker no come»?

La Vanesa va posar cara d'haver ficat la pota.

—*Ay, Martina, es que no puedo hablar de esto.*

De seguida va canviar de tema: se n'havia d'anar a casa pitant perquè havia quedat amb la Carla.

—No puedo ir a mi fiesta con ese pelo tan corto, que parezco una pordiosera. Carla me va a llevar a una peluquería y me van a poner extensiones.

—Doncs vigila amb el que et fan, Vane. Que no passi com la darrera vegada.

La seva mare havia trucat a la meva quinze dies abans per explicar-li allò de la festa. Primer feien una missa, a la qual jo estava convidada. La dona havia insistit que «*la Martina tiene que estar guapísima*», la qual cosa, segons va entendre la mare, significava que havia d'estrenar vestit nou. L'havíem anat a comprar divendres passat. Em va costar molt decidir-me, perquè els vestits de princeseta no m'agraden gens. La mare de la Vane li havia recomanat que em posés un vestit de «*pollita*», perquè aquell dia totes les nenes semblarien més grans.

—A Vanesa la voy a maquillar como a una artista —li va dir la dona *—y le he comprado zapatos de tacón alto. Por eso se lo digo, para que Martina no parezca una niña, sino una mujercita, como todas las demás.*

Els pares dels amiguets de la nena estaven convidats a fer una copa de cava i a menjar un tros de pastís quan anessin a recollir els seus fills aquell vespre. El meu pare, tal com és ell, va dir que em donaria un bitllet de vint euros i que agafés un taxi; que no pensava perdre's el partit del Barça per anar a una festa «*latina*».

Aquella nit vaig parlar amb la Marga pel messenger. Portàvem més de quinze dies distanciades, i la veritat és que em sabia greu. Em va explicar que si no havia anat a la cistella era per fer companyia a la Maëlle i no pas per anar amb en Pau a seure al banc dels de segon d'ESO. «Jo això no ho faria mai a una amiga», va escriure. «El què?», li vaig demanar. «Robar-li el noi que li agrada», va contestar. «A mi ja no m'agrada», vaig escriure. «^ ^» va teclejar ella.

Va dir que li hauria agradat fer-me costat el dia que vam rescatar l'Assump i que trobava a faltar les nostres xerrades. Em va prometre que a partir de l'endemà tot tornaria a ser com abans. «A partir de la festa de la Vane, tornarem a ser carn i ungla, ok?»

La festa de quinceañeras

La mare em va acompanyar a l'església en metro. Jo li vaig suplicar que hi anéssim en cotxe, o que agaféssim un taxi, però ella no s'hi va avenir.

—Estem només a dues parades. Com se t'acut agafar un taxi?

Em feia una vergonya espantosa sortir de casa i agafar el metro amb aquella pinta. El vestit era de color blau, llarg per sota el genoll. Feia una mica de volada, perquè a sota hi duia una combinació. La mare m'havia pentinat bé i, fent cas a la recomanació de la mare de l'amfitriona, m'havia posat una mica de coloret a la cara i m'havia només insinuat la ratlla dels ulls. Les sabates no eren noves, però sí ben llustrades. Tenien una mica de taló, però molt poc.

—Et veus bé? —em va preguntar la mare davant del mirall de cos sencer.

—No. Em veig estranya.

—Jo també —va admetre ella—, però ens hi haurem d'anar acostumant.

Al metro, un dissabte al matí, no hi havia nenes disfressades com per anar a un casament. Hi havia colles de castellers o de grallers; gent de la meva edat que anava a entrenar, a jugar partits, a l'esplai, o de compres amb les seves mares. Jo anava feta un figurí i tothom em mirava.

—M'he passat amb el coloret, Martina.

—No és la pintura, mama. És que m'he posat vermella del ridícul.

Resulta que era l'única de la colla a qui la Vane havia convidat a l'ofici religiós. Els convidats, tots llatinoamericans, xerraven fent grupets davant de la porta d'entrada del temple. Vam veure l'*abuela* Paquita. No semblava ella. A casa sempre anava amb un mocador al cap i una bata, però aquell dia s'havia engalanat com la reina d'Anglaterra. La mare de la Vane va acostar-se de seguida que ens va veure.

—*¡Martina, cariño! Cuánto me alegro de verte. ¡Y usted debe ser la mamá! ¡Tan guapa como ella! Les voy a presentar a mis hermanas y a mis sobrinas. ¡Ellas son las damitas de honor de Vanesa!*

Aquella dona era afalagadora de mena. Les germanes, les ties i les cosines anaven enjoiades de cap a peus, i duien vestits de fantasia espectaculars. La meva mare anava en xandall, per variar.

—*¡Miren las damitas! ¡La más mayor es Linda, y la más chiquita se llama Jenifer! ¡No me digan que no parecen unas hadas de cuento!*

Totes aquelles nenes anaven vestides igual, amb un vestit rosa llarg fins als peus. Al cap, hi duien una diadema recoberta de flors naturals. Totes estaven moníssimes, tan igualetes, i era com si anessin a fer un número de musical. Una d'elles duia un nadó als braços.

—*¡Y la del bebito se llama Daysi! ¡Ya es mamá!*

La famosa Daysi en persona! Vestida com les altres, amb el «*bebito*» disfressat com un patge dels tres Reis de l'Orient. La Daysi que ja era mare, i jo que encara no tenia la regla...

—*¿Y dónde está Vanesa?* —va preguntar la meva mare.

—*¡La princesita llega la última! ¡Es la reina entre las reinas!*

Mentre esperàvem la *princesita*, l'àvia Paquita em va preguntar com estava «*el niño que ve muertos*», i jo li vaig dir que bé.

—*Me contó Vane que anda en amores con una noviecita.*

—*Pues no lo sé. Yo no la he visto* —li vaig dir.

—*Claro. Es que a ese tipo de noviecitas no las ve nadie.*

Em vaig quedar de pedra. Però en aquell moment arribava la Vane dins d'un cotxe impressionant de color platejat («*es de alquiler*», ens va informar la seva mare), que va aparcar davant de l'església. La Pajarica estava irrecognoscible: duia els cabells llargs fins a la cintura, coronats amb una diadema de flors més espectacular que la de les seves dames d'honor. El vestit també era una versió més exagerada del que duien les altres, més llarg, amb més volada, amb més llaços. I pintada com una artista. Si no fos per les sabates, que eren les que es posava per anar al col·le, la Vane hauria passat per una noia de vint anys.

—*¡Martina! ¡Qué ilusión! ¿Estoy guapa, verdad? ¡Uy, usted es su mamá! ¡Cuánto gusto saludarla!*

—*Espero que tengas un buen día, guapa* —la va saludar la mare abans d'acomiadar-se i deixar-me sola amb la comunitat equatoriana de Barcelona.

La Pajarica es va preparar per entrar a l'església mentre la resta de convidats anàvem passant. L'àvia Paquita em va agafar de la mà.

—*Tu te sentarás conmigo, mijita, en la primera fila, que la abuela y la mejor amiguita tienen preferencia.*

Quan tothom va ser a dins, la Vane va fer la seva entrada triomfal, ben bé com una núvia, però sense promès. Les *damitas* van entrar darrere seu, i la primera duia un coixí de color rosa damunt del qual hi havia unes sabates de taló alt. Roses, és clar.

—*Entra como una niña y saldrá como una mujer* —em va explicar la seva àvia—. *Al final de la ceremonia se va a poner los zapatos altos. Es una tradición. Antes de salir de casa le he hecho un conjuro para que tenga suerte en la vida y encuentre un príncipe de ensueño. El amiguito tuyo parece que no sirve.*

—*¿No sirve?* —li vaig preguntar.

—*Creo que no. Los espíritus me han dicho que ese niño no está por las mujeres.*

No vaig saber què dir, és clar. Pobre Àlex, si fins i tot les pitonisses li veien pintat a la cara allò que li passava...

La mare de la Vane no parava de fer-li fotos. Cada cop que en feia una, ens mostrava la pantalleta de la càmera digital perquè l'àvia i jo l'admiréssim.

—*¡Que bella está! ¡Parece una novia!* —comentava l'àvia, assenyalant la imatge de la seva néta amb el dit groc de nicotina.

—*¡Apesta a tabaco, abuela! ¡Le tengo dicho que no me fume!*

Abans de sortir de la cerimònia, el capellà, que era sud-americà, va desitjar a la Vane tota la sort del món, i ella es va treure les sabates baixes i es va posar les de taló.

Tant sí com no, em van obligar a pujar amb la Vanesa al Mercedes platejat per anar a l'hotel on se celebrava la festa. Els convidats esperaven a la recepció, i va ser molt divertit retrobar els meus amics i coneguts vestits com si anessin a una festa de disfresses. La Marga i l'Assump estaven espectaculars i semblaven tan grans com la Pajarica. La Carla estava guapa, però gòtica: més que a un casament, semblava que anava a un enterrament. Els nois estaven desconeguts. El que més destacava era en Pau, és clar. L'americana i la corbata li estaven de perles. Semblava un actor de Hollywood.

—*Ese alto de la corbata roja me parece bien para la niña* —murmurava l'àvia Paquita mentre ens hi acostàvem—. *Ya sé que ése era para ti, pero si tú no lo quieres, intentaré hacer un conjuro de amor para que sea para Vanesa.*

En Harry tornava a ser el Harry de després de Nadal, net, polit i arreglat. Al seu costat, l'Àlex desentonava una mica, perquè la seva mare l'havia mudat però no com un home, sinó com un nen: duia caçadora en lloc d'americana; duia corbata de llacet en lloc de corbata llarga, etc. En Jerry també feia la seva fila i semblava més gran de l'edat que tenia. I l'Iker, tot i ser petit de mida, anava disfressat d'homenet.

Un mica separades, hi havia les nenes apocades del pedrís. Com diu l'àvia Rosa, «d'on no n'hi ha, no en raja», però tot i així estaven gracioses. La Maggie Simpson duia una bosseta de perles que li penjava del braç, i li havien fet un monyo altíssim que duia embolicat amb una mena d'*espumillón* de Nadal. La Croma, pobreta meva, havia insistit molt en el tema de la pintura per dissimular els seus trets tan marcats. Si li passaves un dit per la galta, segur que hi quedava un solc profund. Les altres tres miraven com unes babaues la comitiva presidencial i de seguida es van apropar a la Pajarica per felicitar-la.

L'interior del saló on se celebrava l'àpat estava guarnit amb globus i garlandes, i des d'un reproductor de CD sonava música llatina. Les *damitas* semblaven ensinistrades per ser amables amb nosaltres, perquè ens van acompanyar a la taula on havíem de seure i van ser molt simpàtiques explicant-nos coses de la festa i de les tradicions del seu país. Per als amics de l'escola, la família de la Vane havia muntat una taula especial.

—*Os sentaréis chico-chica-chico-chica, será más divertido* —va disposar la cosineta Daysi, que havia deixat el seu nadó en mans d'una parenta.

—Així devia començar ella... —em va xiuxiuejar en Jerry a l'orella.

Les nenes del pedrís seien a la nostra taula, cosa que va provocar el desconcert de les *damitas* en comprovar que els nostres nois no les volien al costat.

—Jo amb aquesta no m'hi assec! —va protestar l'Àlex, taxatiu, assenyalant la Croma amb menyspreu—. *Yo me siento con el Harry.*

—*¡Ni hablar! ¡Chico-chica!* —insistia la Daysi.

Quan finalment tothom va ser al seu lloc i jo em dirigia a la cadira buida que quedava al costat de l'Iker, les dames d'honor em van aturar.

—*Es que tú te sientas en la mesa presidencial, Martina* —em va informar la Vanesa, que s'havia apropat a la taula—. *Tú eres mi amiga más especial y por eso tienes el honor de sentarte conmigo.*

—Però és que jo m'estimo més seure amb ells —vaig protestar—. Ens ho passarem millor tots junts.

La Vanesa va dir que ni parlar-ne. Em va agafar del braç i em va empentar cap a la taula central, on hi havia pares, tiets i avis.

—I qui seurà a la cadira que queda buida? —vaig preguntar a la Vane.

—*Bueno... es para la amiga del Iker....*

—Que no ha arribat encara?

—*No exactamente* —va dir la nena.

Hi havia dos menús diferents, un per als catalans i un per als equatorians. A la meva taula, jo era l'única que menjava pollastre rostit amb patates, perquè a la resta els van servir *empanadas* i *tamales*, coses típiques d'allà. Els pares de la Pajarica m'atabalaven amb preguntes que jo, per educació, m'esforçava a respondre. Veia els meus companys rient i fent el brètol, i em sabia greu ser allà envoltada de gent gran i ben arreglada, sense poder evitar aquell interrogatori. Que si m'agradava l'escola, que si treia bones notes, que de què treballaven els meus pares. Un pal.

Abans de les postres, vaig demanar permís per anar al lavabo.

—*¿Quieres que te acompañe?* —em va preguntar la Vane.

—*Ni se te ocur...* —vaig començar a dir, però davant de les mirades expectants de la família vaig canviar la resposta—. *Gracias, Vane, pero no te molestes.*

Vaig passar per la taula dels meus amics a saludar-los. A la Marga li havia tocat seure al costat d'en Pau, ves quina casualitat. La cosineta Daysi també era amb ells, mig agenollada entre en Jerry i l'Assump. Vaig desitjar que no els escalfés el cap amb el tema de la maternitat infantil. En Harry i l'Àlex tenien com a parella la Maggie Simpson i la Croma respectivament, i tots quatre estaven callats i murris. L'Iker, en canvi, tot i no parlar amb ningú, semblava encantat de la vida.

—Per què no seus aquí amb nosaltres, Martina? —em va suggerir la Marga—. Pensem alguna excusa per dir a la família...

—No se m'acut què —li vaig dir.

—Ja m'inventaré alguna cosa —va fer ella, picantme l'ullet.

El lavabo era a prop de la recepció de l'hotel. Vaig entrar al de dones, i a dins hi vaig trobar un home amb una guitarra. Anava mig borratxo i s'estava fumant un porro.

—*Hola niña* —em va saludar.

No vaig dir res. Què hi feia aquell paio allà dins?

—*¿Quieres que te toque algo?*

—*¡Pobre de usted!* —li vaig contestar, espantada, a punt de sortir disparada del lavabo.

—*Algo de música, quiero decir. Soy el cantante. Es una sorpresa para la niña homenajeada.*

—*Debería estar usted en el lavabo de hombres.*

—*Es que allí no se puede fumar.*

—*Pues aquí tampoco.*

—*Quiero decir en el salón. No se puede fumar en ningún sitio.*

En aquell moment va entrar l'àvia de la Vanesa.

—*¡Ay, que ilusión, Romualdo! ¡Uno de los míos! Déjeme fumar un poquitito.*

—*Es que no es sólo tabaco, doña Paquita.*

—*Da igual. Mientras eche humo...*

No m'ho podia creure. Es van posar a xerrar tots dos, recolzats a la pica i fumant el porro com si res. Parlaven de Quito, de persones que coneixien i de la llei antitabac. Passaven de mi, i el fet que la senyora Paquita fos allà em va donar confiança per tancar-me en una cabina i fer pipí. La senyora reia cada vegada més fort, i vaig pensar que devien ser els efectes del porro. Quan vaig acabar i mentre em rentava les mans, ells ni tan sols em van mirar.

A fora del lavabo em vaig trobar la Vane i l'Iker fent-se confidències. Tots dos van callar quan em van veure. En portaven alguna entre mans des de feia dies. Alguna relacionada amb la misteriosa xicota de l'Iker, que no menjava i arribava tard a la festa.

—*Iba al lavabo, Martina* —em va dir la Vane, dissimulant.

L'Iker va abaixar el cap i va fer el gest de tornar cap al saló.

—Què està passant aquí? —els vaig preguntar—. Què esteu tramant?

—No res —va fer ell.

—A mi no m'enganyes, Iker. Abans no podies ni veure aquesta nena, i ara sembla que us heu fet molt amics. Fins i tot sap coses de tu que no sap ningú.

—Com ara què? —va preguntar ell, malfiant-se.

—Doncs que surts amb una nena.

—*¿Se lo has dicho?* —la va escridassar ell, de cop fet una fúria.

—*Se me escapó* —va dir la Vane—. *Pero no sabe nada más.*

—Qui és aquesta nena misteriosa? És una de la classe?

L'Iker mirava enrabiat la Vanesa i no contestava les meves preguntes. Tot d'una, avergonyida, la Pajarica va girar cua i va tornar al saló sense passar pel lavabo.

—O m'ho expliques en privat, o ho esbombo —el vaig amenaçar—. Imagina't la cara que farà tothom quan sàpiguen que tens xicota i que no ho has dit a ningú.

El nen va abaixar el cap, amb les dents serrades i corrugant el front.

—Deixa-ho anar, noi.

—És que... és una mica... és com si diguéssim....

Me'l vaig mirar ben seriosa, amb els braços encreuats sobre el pit.

—Surto amb un esperit —va dir finalment.

Si em punxen no em troben sang. Què dimonis deia, aquell imbècil? Amb un esperit?

—Surto amb una nena morta —va dir, sense mirar-me—. Ens vam conèixer al soterrani del taller del senyor Antonio. La nena viu allí des de fa un munt d'anys. La Vane me la va presentar.

—Però... tu ets idiota o què? Però... Com pots pensar... Ets imbècil, Iker! Ets carn de psiquiatre!

—Jo sempre veig morts! —va protestar—. Sempre! Però mai n'havia vist una de tan bonica. M'agrada, i jo li agrado a ella.

Jo feia que no amb el cap. Era impossible estar escoltant una bajanada d'aquelles dimensions. L'Iker estava més sonat del que em pensava.

—Alerta que et pot sentir —va dir encara—. És aquí, al meu costat.

Al seu costat, evidentment, no hi havia res ni ningú.

—Aquí?

—Sí. La Vane l'ha convidada a la festa.

—Seu a la cadira buida? La Vane li reservava aquella cadira? Iker, estàs com una cabra, nen. Estàs com una cabra boja!

—No ho diguis a ningú, Martina, si us plau. T'ho demano per favor. La gent no ho entendria.

—I és clar que no ho entendria! Ningú no ho entendria! Jo tampoc no ho entenc! Estàs com un llum,

Iker. No vull tornar a sentir parlar d'aquest tema tan absurd. Ni una paraula, em sents?

El vaig deixar allí palplantat. Estava furiosa contra la Vane. Com havia pogut aquella estúpida fer creure al nen més influenciable de la terra que sota el taller hi vivia una morta? Com havia gosat convidar-la a la festa? Vaig creuar el saló indignada, amb unes ganes terribles d'enganxar la Pajarica per banda i dir-li quatre coses ben dites. Quan m'acostava a la taula, però, vaig descobrir que al meu lloc hi seia la Maggie Simpson.

—Hi he enviat la Maggie —em va dir la Marga—. L'any passat va anar a Amèrica del Sud amb els seus pares i els està explicant el viatge. Pots seure amb nosaltres, Martina!

Mentre ho feia, vaig veure la Pajarica desconcertada. No li devia fer cap gràcia que la Maggie m'hagués substituït a la taula presidencial, però alhora devia pensar que així s'estalviava la meva esbroncada per haver-li menjat el coco al pobre Iker, que resulta que sortia amb una morta guapíssima que ella s'havia inventat. Realment, el món i les relacions humanes són un misteri. A classe havíem llegit una adaptació d'*Alícia al País de les Meravelles*, de Lewis Carroll, i ara entenia el significat de la història: tothom estava com un llum. Anessis on anessis, només podies trobar bogeria sobre la faç de la terra.

—Les nenes aquestes cutres de color rosa diuen que ara començarà el ball —em va informar l'Àlex—. Si em treu a ballar la Pajarica o alguna d'elles, vomito.

Abans de tallar el pastís de color rosa, un dels convidats joves que feia de parella d'una de les *damitas*, va apujar la faldilla a la Vanesa davant de tothom i li va treure una lligacama que duia posada. A continuació, el jove intrèpid va posar la lligacama acabada de robar a la cama de la seva *damita* rosa. La gent va aplaudir molt i, al saló, va aparèixer el guitarrista del lavabo. Duia un barret de *cowboy* i la guitarra a les mans. Les dames d'honor i les seves parelles respectives van fer rotllana al voltant de la Vane i del *cowboy* quan aquest li va dedicar una cançó sobre el fet de fer-se dona. L'home («va una mica torrat, no?», va comentar l'Àlex) perdia el fil de la tonada, i li costava mantenir la verticalitat. Feia tentines, i li van haver d'acostar una cadira perquè acabés la cançó assegut i sense perill de caure per terra. L'àvia Paquita picava de mans i cantava a tot pulmó.

—A aquesta dona li fan falta classes de cant. Desafina que no vegis —va observar la Marga.

Després van tallar el pastís i ens en van servir una porció a cadascú. Les dames d'honor van col·laborar a apartar les taules i les cadires per convertir el saló en una pista de ball. El pare de la Vane va fer un parlament.

—Se sent més el riure de l'àvia que allò que diu el pobre home —va observar en Harry.

Abans d'acabar el discurs, l'home va fer sortir al bell mig de la pista un jove ben vestit perquè inaugurés el ball fent parella amb la seva filla. L'Àlex va respirar alleujat: s'havia salvat de fer el ridícul més espantós de la seva vida.

La Vanesa i aquell noi feien bona parella, i van ballar una mena de *corrido* mexicà, sols, davant dels convidats. Després, les dames de rosa els van imitar: una per una van anar sortint amb les seves parelles i el saló es va convertir en un gran fris de color rosa.

—Patètic —va remugar l'Àlex.

De seguida se'ns va acostar la mare de la Vane. Tots els del col·le estàvem drets en un racó, mirant embadalits les evolucions de les parelles a la pista.

—*¡Tienen que emparejarse, mijitos! ¡Tienen que salir a bailar!*

Nosaltres no estàvem acostumats a aparellar-nos així, de cop i volta. La dona va insistir tant, que no ens va quedar més remei que improvisar. L'Assump i en Jerry es van agafar de seguida; a en Harry li va tocar la Croma (van posar cara de resignació tant l'un com l'altra). El meu instint natural hauria estat llançar-me en braços d'en Pau, però l'Àlex va prendre la iniciativa, més per por que li toqués una *damita* que altra cosa, i se'm va enganxar com una paparra. Hi va haver uns segons de confusió abans de formar una nova parella: la Marga i la Carla van lluitar per quedar-se en Pau. El nen dubtava, mirava ara l'una ara l'altra sense saber què fer. Per sort, es va acostar un jove equatorià molt ben vestit i va demanar a la Carla si podia ballar amb ella. La nena, vermella com un tomàquet, va dir que sí. Jo vaig pensar que als equatorians els devien agradar les gòtiques, perquè, es miri com es miri, la Marga, tan rosseta i tan *pija*, és molt més atractiva que la Carla.

L'Iker no va voler ballar amb la Maggie Simpson ni amb cap de les apocades.

—*Yo ya tengo pareja* —va dir a la mare de la Vane.

—*¿Ah sí? ¿Dónde está, mijito, que no la veo?*

«*Si usted supiera...*», vaig pensar.

Vam ballar tots al mig de la sala, envoltats pels vestits vaporosos de les dames d'honor. L'Àlex em trepitjava mentre em deia que se sentia ridícul i que maleïda l'hora que va acceptar la invitació de la Pajarica.

—T'agradaria més ballar amb la teva parella, oi? —li vaig preguntar, com aquell que no vol la cosa.

—Quina parella? Jo no en tinc, de parella.

—Tu sabràs.

—Què he de saber? Què t'empatolles?

Durant el ball, hi havia barra lliure. Això significava que podies anar a la barra i demanar el que volguessis, gratis. L'Àlex i jo, després de la segona cançó, vam anar a demanar coca-coles. La Maggie Simpson, que era davant nostre, va demanar un cubata.

—Ja ho saben a casa teva que prens alcohol? —li vaig preguntar.

—Un dia és un dia —va dir ella.

L'esdeveniment més espectacular d'aquella festa de color rosa va passar al cap d'una hora, i no va tenir res a veure amb l'aniversari de la Vane. De cop, palplantats a la porta del saló de ball, vaig descobrir l'Enric Mitjà i els seus col·legues. Què hi feien allí, els brètols, si ningú no els havia convidat? No anaven vestits de gala, com nosaltres, sinó amb els texans a mig cul i les dessuadores de sempre. En Tito Casona semblava al·lucinat contemplant totes aquelles nenes vestides de rosa.

Primer ningú no els va fer cas. Després s'hi va acostar el recepcionista de l'hotel per advertir-los, suposo, que allò era una festa privada. L'Enric, pinxo com sempre, li va dir no sé què, i aleshores l'home va riure i els va convidar a entrar. La Vane, que continuava ballant amb la seva parella, es va quedar glaçada en veure'ls, però no va gosar ni acostar-s'hi per fer-los fora. Els brètols van venir on érem nosaltres, els del col·le.

—Què hi feu aquí? —els va preguntar la Marga.

—Hem vingut a la festa de les princeses Disney —va contestar l'imbècil de l'Enric.

—Qui us ha convidat?

—Pocahontas —va dir l'Òscar Linares, assenyalant amb un cop de barbeta la Pajarica.

No m'ho podia creure. Quin morro que tenien aquells penques! L'Àlex, molt en la seva nova línia, va abaixar el cap sense piular.

—Vinc perquè em torni la cartera —va dir l'Enric.

—Qui te l'ha de tornar? —li va preguntar en Jerry.

—Doncs qui me l'ha robada. La vostra amiga Vanesa.

Cap de nosaltres no va badar boca. La idea no era del tot desgavellada: la Vanesa havia robat el mòbil de l'Iker en tornar de Nadal. Qui podia assegurar que no havia robat ara la cartera de l'Enric? Aquella nena tenia la ment retorçada, això ho sabíem tots. El que passava és que la Vane sempre actuava per un motiu. Fes el que fes, sempre tenia un objectiu a la vista. Aleshores, per què dimonis hauria volgut robar la cartera de l'Enric?

—*¡Uy! ¿Quienes son estos niños tan modernos?*

La mare i l'àvia de la Vane se'ns havien acostat i observaven atònites la fila que feien els brètols vestits de carrer. Ben segur que havien deixat els *skates* a la porta de l'hotel.

—*¿Sois amiguitos de Vanesa?*

—*Sí señora* —va dir l'Enric—. *Amiguitos de la clase.*

—*¿Y cómo mi hija se olvidó de convidarlos? ¿Ha visto usted, Paquita, lo guapo que es este chiquillo? Con una americana estaría elegantísimo. ¡Y tú sácate la gorra!* —va dir, ventant un cop de mà a la visera de l'Òscar—. *¡Estás más guapo con el pelo al aire! ¡Vanesa! ¡Vanesa!* —va cridar a la seva filla—. *¡Acércate, mijita, que han venido unos amiguitos a saludarte!*

La Pajarica es va acostar a poc a poc. No sabia on mirar, la pobra.

—*Hola Vanesa* —li va dir l'Enric mentre li estampava dos petons a la galta—. *Me gustaría bailar contigo.*

—*Pues claro, mijito* —va acceptar de seguida la mare de la nena—. *Tú, Jorgito* —va dir al noi que havia estat ballant amb la seva filla—. *¡Préstale la americana al amiguito de Vanesa!*

L'Enric va dir que no calia, però aquella dona era d'idees fixes: li va fer treure la dessuadora i posar-se l'americana que l'equatorià s'acabava de treure.

—*Que no me la manche, doña* —va gosar oposar-s'hi el generós ballarí.

L'Enric, amb americana, realment feia efecte. Aquest paio era un imbècil, però era guapíssim. La Pajarica no sabia on posar-se. S'havia quedat muda, igual com era abans que comencés a parlar com una cotorra. L'Enric, molt galant, la va agafar per la cintura i la va portar al mig de la pista.

—*Qué pareja más bonita que hacen, ¿no os parece?* —ens va preguntar la dona.

Els altres ens ho miràvem sense acabar de creure'ns-ho. Com podia ser que passés allò que estava passant? Vista la situació, la Maggie Simpson, que ja s'havia begut tres cubates i duia el monyo tort i tan desfet que li tapava els ulls, es va acostar a l'Òscar Linares i li va dir que volia ballar amb ell.

—Però, què dius, nena?

—*¡Pues claro que sí!* —va fer la mare de la Vane—. *¡A «cumbiar» todo el mundo!*

La Marga, abans de sortir a ballar amb en Pau, va agafar la càmera de fotos per immortalitzar el moment: la Croma ballant amb en Tito; la Maggie, trontollant sobre els talons i anant de tort, abraçada a l'Òscar Linares; l'Enric Mitjà fent confidències a la Pajarica tot ballant una cúmbia...

—És per flipar! —va admetre en Pau.

L'Àlex i jo ens movíem per la pista improvisada sense donar crèdit als nostres ulls. Ja no patia per les trepitjades, perquè en realitat no ballàvem, sinó que només ens movíem una mica tot observant les estrambòtiques parelles que ens envoltaven. Llevat de l'Iker, que ballava (en aparença) tot sol, els altres convidats omplien amb les seves voltes i moviments de malucs el saló de l'hotel. Les dames havien deixat momentàniament les seves parelles elegants per arrambar-se als nostres companys d'escola. En Harry Porker ballava ben agafat a una morena moníssima i se li havien entelat les ulleres, però no de brutícia, com era habitual, sinó de sufocació. A l'Enric, després d'obligar-lo a abandonar els braços de l'amfitriona, les dames d'honor se'l rifaven. L'àvia Paquita ballava amb el *cowboy*; la mare de la Vane feia cabrioles amb en Jerry mentre l'Assump era sol·licitada per un munt de senyors ben vestits que devien tenir l'edat del seu avi. Les parelles més fidels, per dir-ho d'alguna manera, érem l'Àlex i jo, la Carla i el seu galant, i la Maggie Simpson i el seu cubata.

La veritat és que vam riure molt. Tot d'una, abans que arribessin els pares respectius a buscar-nos, la colla dels brètols havia desaparegut sense deixar rastre. Ningú no els havia vist marxar ni acomiadar-se, però el cas és que a les nou del vespre ja no hi eren.

Els meus pares, igual que els pares de la resta, es van quedar bocabadats quan van entrar al saló i van veure el panorama. De seguida, però, els pares de la Vane els van fer els honors i els van convidar a una copa de cava. El *cowboy* insistia a treure a ballar la mare de l'Iker, que s'hi negava, ofuscada, frenant amb els peus com fan els Picapiedra, per no ser arrossegada cap a la pista. Per a la majoria dels pares, aquell devia ser el primer contacte directe amb la comunitat equatoriana i estaven entre sorpresos i desconcertats.

Quan van abaixar el volum de la música per posar punt i final a la festa, ningú no sabia on s'havia ficat la Maggie Simpson. Els seus pares la buscaven desesperats. La van trobar sota una taula, marejada com una sopa. El seu pare es va enfadar molt.

—La nena només té catorze anys! A qui se li acut oferir begudes alcohòliques a una menor? Els posaré una denúncia! —remugava.

—Què dius, ara? —l'amonestava la seva dona—. No facis el ridícul, Ramon! Vés a saber quins costums tenen, els equatorians! Potser els nens ja beuen des que fan la primera comunió. Pobre de tu que diguis res. Encara s'ho prendran com una falta de respecte!

Quan sortíem, les dames d'honor eren a la porta de l'hotel per regalar a cada convidat una estampa i una nina com a recordatori de la festa. La mare de l'Assump ens va portar en cotxe a casa, a la meva mare i a mi. L'Assump i jo els vam explicar durant el trajecte que ens havíem divertit molt i que ens havíem fet un fart de ballar cúmbies.

—No entenc com la Pajarica ha sortit tan fleuma tenint una família tan alegre —va comentar l'Assump.

També va dir que li agradaria celebrar els seus quinze anys amb una festa tan espectacular i plena de ballarins, però la seva mare va objectar que per ballar amb aquella desimboltura, el ritme s'havia de dur a la sang.

L'olimpíada matemàtica

Com si hagués succeït un miracle, l'endemà ens vam trobar tots sota la cistella. Bé, en faltava un, en Tom, i en sobraven quatre, les apocades, que no van seure sota la cistella, però es van quedar rondant a pocs metres, com feia la Pajarica abans que l'admetéssim al club.

—*La Maggie no ha venido. Se pasó la noche vomitando* —va informar la Vane.

—No m'estranya. Ahir va xarrupar com una esponja.

—Ja pots dir a les teves amigues que no les volem aquí —va advertir l'Àlex a la Vane—. Que vinguessin a la festa és cosa teva, però aquí a la cistella manem nosaltres. I no les volem.

—*Pobrecitas. Están tan solas...*

—Doncs que s'espavilin.

En Tom no havia volgut saber res de la festa. El seu germà ens va dir que continuava obsessionat amb l'olimpíada i que la seva mare ja no sabia què fer perquè reaccionés.

—Cada setmana s'apunta i es desapunta diverses

vegades al concurs, i els professors n'estan fins al capdamunt. Li diuen que es defineixi; que hi vagi o no hi vagi, però que s'aclareixi.

La Marga va dir que estava molt contenta de recuperar l'esperit del club, i que era molt important que tornéssim a trobar-nos tots junts a l'hora del pati.

—D'aquí a uns dies anirem de colònies. M'hauria sabut greu que estiguéssim barallats els uns amb els altres.

Aquella tarda, en sortir d'escola, vaig agafar l'Iker a banda. Li vaig demanar que m'expliqués exactament què li passava i ell em va fer jurar que no ho diria a ningú.

—La Pajarica em va dir que la nena era al soterrani, que ella mateixa l'havia vista el dia que vau rescatar l'Assump. Em va explicar que era molt mona i que estava molt sola. També em va donar una clau, per si la volia anar a veure.

—I d'on la va treure, la clau?

—Es veu que el seu pare en va fer dues còpies, i una se la va guardar ella.

—Però que no veus que és mentida? No veus que et va enredar?

—No! No ho va fer. Vaig entrar-hi un dia que el senyor Antonio no hi era, i me la vaig trobar...

—Iker: estàs sonat! Allà sota no hi ha ningú! La senyora Conchi hi baixa sovint a guardar coses!

—Ella no la veu perquè no està acostumada a veure morts! Però jo sí! I t'asseguro que la nena hi és!

No me'n sabia avenir. El nano ho explicava amb una serenitat que posava la pell de gallina.

—Es diu Eulàlia, però jo li dic Lali. Té tretze anys, com nosaltres. És guapa, però antiga. Vull dir que va vestida amb un vestit de llacets i sabates d'aquelles de xarol. Sembla que porti perruca, però és que va pentinada com una nina de museu. Vaig demanar a la Vane si la podia convidar a la festa, i ella ho va consultar a l'àvia Paquita. Ara li vull demanar si me la puc endur de colònies.

—No t'entenc, Iker. De debò que no t'entenc. Que no se t'escapi ni una paraula d'aquest tema, perquè si el teu pare sap que surts amb una nena d'aquestes característiques...

—Ui, segur que em tancarà en un reformatori...

—O en un hospital psiquiàtric—el vaig corregir.

Durant unes quantes setmanes tot va ser fantàstic. Els exàmens parcials em van anar de meravella i l'ambient sota la cistella era espectacular. Les dues úniques qüestions que no estaven resoltes eren la d'en Tom i la d'en Pau.

El problema amb en Pau era difícil d'arreglar. Ell i la Marga s'havien fet molt amics, i jo penso que s'agradaven l'un a l'altre. La culpa havia estat meva: jo sempre havia dit a en Pau que no volia sortir amb ell. I això que el nen havia insistit un munt de vegades. Suposo que se n'havia cansat i havia desistit de les seves intencions. La Carla ja no era cap entrebanc, perquè sortia amb l'amic equatorià de la Vane que havia conegut a la festa. Jo diria que, des que anava amb ell, ja no era tan gòtica.

—A ell li agradaria fer-se *Emo* o gòtic, però és clar, és tan torrat de pell... —es lamentava la nostra sòcia.

La Marga, doncs, tenia el camí lliure (sobretot ara que en Tom havia desaparegut del mapa), i en Pau, com diu la meva mare, «*se dejaba querer*». I bé que feia. Millor tenir una xicota espavilada, atractiva i amb calés, que no pas una que encara no té la regla.

Un dia, poc després de la festa, vam saber que l'Enric havia recuperat la seva cartera. Com? Un misteri. Però el cas és que algú l'hi havia tornat. Jo vaig sospitar que les males llengües tenien raó i que la lladre havia estat la Pajarica. Curiosament, després de parlar sols mentre ballaven el dia de la festa, la cartera havia aparegut. La nena no m'ho va confessar, per molt que jo hi vaig insistir.

—Doncs, de què vau parlar, aquell dia? Com és que es va presentar a l'hotel i va voler ballar amb tu?

—*Le apetecería conocer a una chica nueva...*

—Au, va, Vanesa, això no t'ho creus ni tu...

—*Me pidió perdón por haberme insultado tantas veces...*

Acabava de dir allò quan va passar l'Enric pel nostre costat.

—Pajarica, deixa de piular! *¡Tú y la Air Force One formáis una pareja de altos vuelos!* —se'n va riure.

Ella el va insultar, és clar. I ho va fer amb unes paraulotes tan gruixudes que la professora encarregada de vigilar el pati li va cridar l'atenció.

—Nena! Així no es parla a l'escola! On has après aquest vocabulari? Sembles una perdulària!

—*¡Él me ha insultado primero!*

La mare de l'Assump havia conegut els pares d'en Jerry el dia de la festa de la Vane. S'havien saludat amb molta educació, i la mare de l'Assump els havia anunciat que properament celebraria un dinar perquè la resta de la família conegués el nano. En Jerry em va confessar que no volia anar-hi; que havia dit a l'Assump que convencés la seva mare que allò no era una bona idea. Que eren molt joves i que feia poc temps que sortien. Però jo sé com és aquella dona: li encanten els formalismes i el teatre.

—Em sembla que no et quedarà més remei que passar per aquest mal tràngol.

—No penso anar-hi! Faré veure que em poso malalt!

Per Sant Jordi, durant les activitats del dia del llibre, els alumnes d'ESO ens vam reunir a la sala d'actes per escoltar els poemes guanyadors del certamen literari. La Vane estava convençuda que el seu poema guanyaria un dels premis.

—*¡Me quedó bordado, Martina! Lo hice sobre un tema distinto, como tu me recomendaste. A ver si tengo suerte y les gusta.*

Els alumnes de batxillerat van llegir els poemes finalistes, sense dir encara els noms dels autors. Cada vegada que en llegien un, jo preguntava a la nena si era el seu, i ella sempre feia que no amb el cap. Com era d'esperar, el seu poema no estava entre els seleccionats. Després de dir el nom dels guanyadors i abans de lliurar els trofeus, el director va informar que l'escola havia hagut de censurar una de les composicions poètiques presentades a concurs.

—Des de l'escola, advertim que és inadmissible que un alumne presenti un escrit que es podria titllar d'irreverent i pornogràfic! Si ha estat una broma, se la podia haver estalviat, el paio! O sigui que demanem a *Daysi*, aquest és el pseudònim que ha utilitzat, que no torni a molestar-se a escriure poca-soltades i porqueries!

Dos dies abans de celebrar-se la primera fase de l'olimpíada matemàtica, en Tom va tornar a la cistella. Va tornar el Tom d'abans, vull dir; el Tom de sempre. Rialler, compromès, responsable, amb iniciatives. Ens va demanar perdó pel seu comportament durant les darreres setmanes i va anunciar que estava decidit a participar en l'olimpíada.

—I no tan sols això. També he decidit que he de ser pacient i comprensiu amb els del club, i fer tot el possible per acceptar que som una comunitat i que cadascú té les seves pròpies idees, tan respectables com les meves. Estic obert a propostes.

La primera li va arribar per boca de la Pajarica: volia que admetéssim les nenes apocades del pedrís, ara que s'havien quedat òrfenes. A l'hora del pati no sabien què fer ni on anar. S'allunyaven de la Lourdes com del dimoni i donaven voltes pel pati com ànimes en pena. Tenien prohibit seure sota la cistella amb nosaltres, tot i que hi havia l'Assump, la seva exprotectora, que no mostrava cap predisposició a acceptar-les.

—Quantes són? —li va preguntar en Tom.

—*Cuatro o cinco.*

En Tom ens va mirar a la resta. Tots els nois feien que no amb el cap.

—Això havia de ser un club, no un centre de beneficència —va dir l'Àlex.

—Estudiarem el cas, Vanesa. No podem prendre una decisió tan important a la babalà.

A mi em va sobtar que, dos dies abans de la primera prova de l'olimpíada, en Tom estigués tan tranquil i no anés amunt i avall amb els llibres de mates i la calculadora. Que ni tan sols anés a la biblioteca on, aquella setmana, els profes de matemàtiques ajudaven la Tarta, l'altra representant de l'escola, a repassar el temari i fer problemes.

—Em neguitejo estudiant —em va confessar en Tom— i he decidit que prou. He de confiar en mi mateix i no atabalar-me, no et sembla?

La primera prova de l'olimpíada, que es faria el dissabte en un institut de la ciutat, coincidia amb el dinar de presentació d'en Jerry organitzat per la mare de l'Assump. No hi havia hagut manera d'evitar-ho, i el nano estava resignat.

—Què hi farem! Una prova més que em posa la vida! L'amor té aquestes coses!

—Hi haurà molta gent? —li vaig preguntar.

—La família completa. Fins i tot unes tietes de Manresa.

—Quin panorama, noi.

L'Assump, en el fons, estava encantada amb el dinar de presentació. Em deia que, des que a casa seva sabien que tenia xicot, la tractaven millor, com si fos una noia gran.

—Però em fa por que en Jerry es posi nerviós. Ja li he dit que la meva família és bona gent. Tothom és simpàtic. Tothom té ganes de coneixe'l. T'enviaré missatges de mòbil per explicar-te com va la cosa, Martina.

Aquell cap de setmana els meus pares no podien anar a la Garrotxa i ens vam quedar a Barcelona. El dissabte em vaig llevar tard, vaig llegir al llit i, després, vaig feinejar una mica per casa. Abans de dinar vaig rebre el primer missatge de l'Assump. «Està nerviós. A l'habitació li he fet el primer petó a la boca.» Al cap de tres segons va arribar el segon missatge. «Amb llengua.»

Mentre dinàvem, va arribar el tercer missatge. «Tot perfecte. A casa estan encantats amb ell. Parla de tot.»

A les quatre de la tarda vaig trucar a en Tom per saber com li havia anat la prova de mates de l'olimpíada, però no em va agafar el mòbil. Tampoc no em va contestar a les cinc. Vaig començar a patir, pensant que potser estaria enfonsat després de fer un examen de pena. Vaig trucar a la Tarta, que em va explicar que tot havia anat bé, que en Tom havia estat tranquil i que els problemes eren més difícils del que es pensaven.

Havíem quedat amb la Marga que ens trobaríem a les sis per donar una volta pel barri, i li vaig proposar d'anar a visitar en Tom perquè ens expliqués com era l'ambient de l'olimpíada i quina pinta tenien els petits genis de Barcelona.

Quan vam arribar a casa seva, ens va obrir la seva àvia.

—Nen! —el va cridar la dona—. Tens visita!

Quan va sortir de l'habitació i se'ns va acostar, em vaig quedar de pedra.

—Hola, Tom! —el va saludar la Marga—. Com t'ha anat?

El bessó que ens mirava amb cara d'estaquirot des de la porta no era en Tom, sinó en Jerry. La Marga sempre els confonia, però jo no. Jo mai.

—Era difícil, l'examen? —li va preguntar la Marga.

—Una mica.

No m'ho podia creure! En Jerry m'observava, aterrit, sabent que jo l'havia descobert i conscient que a mi no em podia enganyar. Però aleshores... qui dimonis era el que estava amb l'Assump?

En aquell moment vaig rebre un altre missatge d'ella. «Superbé! Ens estem petonejant sense parar.»

Em vaig quedar muda. En Jerry, fent-se passar pel seu germà, ens va convidar a la seva habitació. La Marga li va fer un munt de preguntes sobre la trobada matemàtica, les proves, l'ambient. Jo no podia obrir la boca.

—Has pogut resoldre tots els problemes? Eren difícils? Es podia copiar?

El nano contestava sense deixar d'observar-me amb els ulls d'un vedell a punt d'entrar a l'escorxador. Va dir que alguns dels exercicis eren massa complicats per al seu nivell i que potser la Tarta ho hauria fet millor. No em va estranyar gens ni mica, és clar. En Jerry no destacava gaire en mates.

Quan la Marga va anar al lavabo, en Jerry va abaixar els ulls i m'ho va confessar tot:

—En Tom va tenir la idea d'intercanviar les nostres personalitats. Jo no volia anar al dinar familiar de l'Assump ni saludar la seva parentela, ni xerrar amb les seves tietes de Manresa durant la sobretaula. I en Tom no volia anar a l'olimpíada, que li estava amargant la vida des de feia setmanes...

—I la solució era anar un en el lloc de l'altre? Però... tu t'ho has pensat bé, Jerry? —no em podia treure del cap allò que estava fent la mongeta amb el seu germà.

—És el que sempre hem volgut fer. Les nostres característiques físiques ho permeten, i aquesta era una bona oportunitat per demostrar del que érem capaços.

«Si ho sabessis...», vaig pensar. L'Assump em va enviar encara un altre missatge: «La mare ens convida al cinema. I en la foscor... vés a saber!»

Però com podia aquella tòtila no adonar-se de l'engany? En Tom s'estava posant les botes a costa del seu germà!

Quan la Marga va tornar de fer pipí, va proposar sortir a donar una volta. L'àvia dels bessons ens va acomiadar al replà de l'escala.

—No tornis tard, Xavi, que en Tomàs serà aquí abans de les deu per sopar.

Mentre baixàvem amb l'ascensor, la Marga estava admirada.

—Si fins i tot la teva pròpia àvia us confon! Si s'ha pensat que eres en Jerry! —va exclamar.

El nano va abaixar els ulls i es va tornar vermell com un tomàquet.

En Tom m'ho va explicat tot l'endemà.

—Va ser horrible, Martina. Mai més no tornaré a fer una cosa així! L'Assump va dir que em veia nerviós. I ho estava, és clar, pensant que descobriria que jo no era en Jerry. Però ni se'n va adonar. «Au, va, fes-me un petó i et relaxaràs.» Em va ficar la llengua fins a la gola. Quin fàstic. El dinar va estar bé. Un dels seus oncles és economista i vam xerrar del PIB i l'IPC i coses d'aquestes que m'agraden. Devien flipar. «És com un homenet i només té tretze anys!», no parava de repetir l'àvia. Després de dinar l'Assump va dur-me a l'habitació. Jo li vaig dir que quedava lleig deixar la família al menjador, però ella hi va insistir. Mare de Déu. Aquella nena pot ser monja, però ha vist moltes pel·lícules... Es volia treure la samarreta i tot. En cap moment li va passar pel cap que jo podia ser una altra persona. De tot això no n'he dit res a en Jerry. Només li he explicat com va anar el dinar, de què vam parlar, i com eren els parents, perquè no fiqui la pota. Però de la resta, ni una paraula.

—I l'olimpíada?

—El meu germà ho va fer fatal. No li quadrava cap resultat. Em temo que li hauran posat un zero.

—Els professors no es van adonar que no eres tu?

—I ara. Ni els profes ni la Tarta.

La setmana següent començava el crèdit de síntesi i a classe vam preparar els dossiers. Marxaríem el dimecres, en autocar, i passaríem dues nits fora de casa. La Pajarica era l'única de la colla que no vindria, perquè feia tercer d'ESO.

—*¿Y si le pido a la tutora que me deje ir con vosotros? Le puedo prometer que soy muy burra y que, como voy a repetir curso, que me deje hacerlo desde ya.*

La vaig consolar dient-li que, en la nostra absència, ella seria la presidenta del club i que podria fer i desfer el que volgués.

—*¡Pero si no habrá nadie!*

—I què? No està gens malament començar una feina tan important com és ser presidenta sense tenir conflictes amb el personal.

L'Assump estava encantada amb les colònies.

—No em vull fer il·lusions, Martina, però no m'estranyaria que en Jerry em demanés de dormir junts. L'hauries d'haver vist diumenge a la tarda. Un cavall desbocat. Un tigre salvatge.

«Pobre Jerry», vaig pensar. I en Tom era un «*mátalas callando*», que diu la meva mare.

L'Àlex no tenia cap ganes d'anar d'excursió. Hi havia programades dues activitats a la platja, dins de l'aigua, una de natació i l'altra de caiac.

—Estic buscant un truc per fer-me pujar la febre i simular que estic malalt. Fa dos dies que dormo amb la finestra oberta, sobre els llençols i sense pijama. El que més desitjo en aquests moments és agafar un constipat de cal Déu.

Ens acompanyarien quatre professors, entre ells la Maëlle.

—Està de cinc mesos, però els metges li han dit que pot anar-hi sense problemes —em va explicar la Marga, la seva alumna favorita—. Potser demanaré al tutor que em deixi dormir amb ella, al seu bungalou, no sigui que amb el cansament de tot el dia li agafi vés a saber què i hàgim de córrer cap a urgències.

—Parles com si fossis el pare de la criatura.

La nit abans de marxar, mentre m'ajudava a preparar la motxilla, la mare em va posar un paquet de compreses dins del necesser.

—Mai se sap, Martina. El dia menys passat podem tenir la gran sorpresa.

Crèdit de síntesi

Les classes de 1r i 2n d'ESO ens vam trobar a dos quarts de vuit del matí de dimecres al pati de l'escola. Tots dúiem les nostres motxilles plenes fins a dalt i roba còmoda per caminar. Els professors acompanyants van passar llista quan faltaven cinc minuts per a tres quarts de vuit, és a dir, cinc minuts abans que arribés l'autocar. I, per variar, faltava en Harry. La Maëlle va confiscar en deu minuts tres consoles i quatre jocs d'amplificadors minúsculs per connectar als Ipods, aparells que estaven prohibits d'endur-se, però que set persones havien camuflat entre la roba.

—No sé com se us han de dir les coses! —bramava el tutor.

L'autocar va arribar puntual. Els professors ens van deixar seure on volíem.

—Jo seuré al davant, amb la Maëlle —em va advertir la Marga.

La Carla i la Tarta es van barallar per seure amb mi.

—Jo sem... sem... sempre sec amb la Ma... Ma... artina!

—O te'n vas o et trenco la cara —li va etzibar la gòtica.

La Tarta va obrir molt la boca, com si anés a protestar, però o bé se li va encallar la llengua o bé s'ho va repensar dues vegades abans de fer-la servir davant la mirada assassina de la Carla. Fent el petarrell, va buscar un seient lluny de nosaltres.

Quan l'autocar es va posar en marxa, vam veure arribar en Harry, corrent com un desesperat.

—Sempre donant la nota, Adrià! —el va amonestar el tutor—. Hi ha coses que no canviaran mai en aquesta vida!

—M'he adormit! —es va excusar el nen—. No he tingut temps d'esmorzar ni de dutxar-me!

Havia suat de valent durant la carrera, i mentre creuava l'autocar en busca d'un seient lliure, deixava anar una fortor fastigosa que no es podia resistir.

—Ets un porc! —l'escridassava la gent.

Quan va provar de seure darrere nostre, al costat de l'Iker, aquest li va dir que el seient estava ocupat.

—Però si no hi ha ningú!

—Està ocupat, Harry. Busca't un altre lloc.

Em vaig quedar observant l'Iker mentre en Harry, esbufegant i pudent, caminava pel passadís de l'autocar sense que ningú l'acceptés com a company de viatge.

—No em diguis que és aquí... —li vaig preguntar.

L'Iker va somriure sense obrir els llavis. «Verge Santa», vaig pensar. «Només ens faltava el fantasma.»

La gresca va començar de seguida als seients posteriors del vehicle. No tan sols s'hi havien instal·lat els brètols de primer, sinó que també hi havia els de segon. Tot just sortíem de Barcelona per l'autopista i els professors ja estaven cansats de fer viatges amunt i vall per ordenar que mantinguessin l'ordre i les bones maneres.

Era divertit viatjar amb la classe. I veure camps i boscos per la finestra en lloc de carrers i cases, com vèiem cada dia a la ciutat. L'autopista AP7 me la conec bé, perquè és la que agafa el pare els caps de setmana quan anem a la Garrotxa. Aquest cop, però, no vam sortir a l'altura de Girona, sinó que vam continuar fins a la sortida de l'Escala. La Carla em va explicar la seva vida i els molts problemes que havia tingut a l'antiga escola a causa del seu trastorn bipolar.

—Havia patit tant, que quan vaig arribar aquí em vaig posar a la defensiva. Bé, en realitat, vaig interpretar dos papers: per una banda era la típica nena encantada i per l'altra la típica nena agressiva.

—Així no m'estranya que siguis tan bipolar...

Al cap d'una estona, quan ens havíem agafat confiança, li vaig demanar si encara estava enamorada d'en Pau.

—No, i ara. Ja m'ha passat. En realitat, abans tampoc no n'estava, d'enamorada. També era una interpretació.

—Filla, doncs estàs feta una bona actriu. Jo em pensava que m'havies agredit perquè estaves gelosa... T'haurien de donar un Oscar de Hollywood, perquè interpretes molt bé i amb molta convicció.

Per molts mesos i moltes coses que haguessin passat, cada cop que jo deia la paraula *Pau* sentia un formigueig a l'estómac. Em vaig girar una mica per comprovar que estava assegut amb l'Àlex, tots dos amb els auriculars de l'Mp3 entatxonats a les orelles. Davant d'ells hi seia en Jerry amb l'Assump, que el tenia agafat de bracet i li parlava a l'orella. En Tom, a l'altre costat del passadís, se'ls mirava entre capficat i avergonyit.

Vam arribar al càmping de Cala Montgó, a prop de l'Escala, a l'hora de dinar. Els profes ens van reunir per distribuir els bungalous. Nosaltres, les noies, en vam demanar un de quatre llits: l'Assump, la Carla, la Tarta i jo. Però quan ens estaven a punt de donar la clau, la Marga es va acostar amb cara de pomes agres i ens va demanar si en podíem agafar un de cinc, que ella vindria amb nosaltres.

—Em pensava que dormiries amb la Maëlle —li vaig dir.

—No em deixa —va murmurar, amb els ulls plorosos—. M'ha dit que sóc una alumna i que he de dormir amb les companyes. M'ha sabut molt de greu, Martina.

—És que té tota la raó —va opinar la Carla.

—Després que no em vingui a demanar favors —va afegir la Marga, amb despit.

Quan semblava que la distribució de llits estava completa, van sorgir dos problemes. El primer es va produir quan l'Iker va exigir un supletori al bungalou que ocuparia amb en Jerry, en Harry, en Tom i en Pau.

—Què vols dir «un supletori»? —li va preguntar el tutor.

—Un llit extra.

—I per què dimonis necessites un llit extra, nano?

L'Iker no sabia què dir.

—Bé... —va balbucejar —. És que estic acostumat que a l'habitació de casa hi tinc dos llits i... i.... de vegades, a les nits, em canvio de llit i... i...

—Vols parar de dir bestieses, noi? Ara estem d'excursió. Això no és casa teva. Aquí et toca un llit, com a tothom. I punt i final.

Vaig pensar que l'Iker s'hauria de ficar sota els llençols amb la nena morta. Mira que bé. Com a mínim tenia més sort que l'Assump.

—No hi ha bungalous mixtos, oi? —havia preguntat ella a l'inici del repartiment.

—No, maca, no. Els bungalous aquí són unisex —li havia respost el tutor, amb sorna.

La solució del segon problema em va deixar parada. Resultava que els bungalous col·lectius dels nois eren insuficients, i dos d'ells haurien de compartir-ne un de dues places, tots dos sols. Els tutors van demanar voluntaris i ningú no va alçar el braç, perquè els grups ja estaven fets i tothom tenia ganes de fer gresca en comunitat. Quan l'Enric Mitjà va fer una passa endavant i va parlar amb els profes, la sang se'm va congelar a les venes.

—El de dos serà per a mi i per a l'Àlex —va dir—. Ja estem acostumats a seure junts a classe.

No m'ho podia creure. Ni jo ni els altres, és clar. L'Àlex, mirant a terra, es va limitar a fer un cop de cap per confirmar que hi estava d'acord.

—Això no m'agrada —va dir en Tom mentre

ens dirigíem als nostres bungalous respectius—. No m'agrada gens. Sospito que l'imbècil de l'Enric té l'Àlex sota coacció...

—Coaquè? —va preguntar en Harry.

—Vull dir que el té amenaçat. Em penso que l'obliga a fer el que ell vol. Que el té atemorit. Que no el deixa viure en pau. Això és el que em penso. I l'hauríem d'ajudar a alliberar-se'n. No et sembla, Martina?

—No ho sé, potser sí —vaig dir—. Però, de tota manera, la meva àvia sempre diu que «*el roce hace el cariño*». Que no sigui això.

—Bajanades! Hem de parlar seriosament amb l'Àlex i que ens expliqui què li passa. El club no pot consentir una situació d'abús com aquesta!

El bungalou era preciós, tot de fusta, amb una finestra que donava al camp i cinc llitets ben còmodes. Cadascuna va triar el seu.

—Jo em quedo el que està més a la vora de la porta! —va exclamar l'Assump.

Mentre dinàvem en una sala amplíssima que durant l'estiu es transformava en un *self-service* per als clients del càmping, l'Assump em va xiuxiuejar a l'orella que volia parlar amb la Tarta.

—L'he de convèncer perquè a la nit se'n vagi a dormir al bungalou dels nois i en Jerry vingui al nostre. Ajuntarem els llits i serà com si dormíssim junts. No us importarà, oi?

—A mi no, però estic convençuda que la Tarta no voldrà anar amb els nois. I encara menys sabent que allí hi dorm en Harry Porker.

—Ja m'ho faré venir bé. Aquesta nena la conec prou després de passar tants mesos assegudes al pedrís.

Ocupàvem tres taules enormes. I al fons de la sala, n'hi havia tres més, tan ben parades com les nostres.

—Deuen ser per a una altra escola —va suposar la Carla.

I just ho acabava de dir quan un grup nombrós de nois i noies van entrar al menjador per ocupar les taules buides. Eren de la nostra edat, i n'hi havia de macos i de lletjos, com a tot arreu. Els professors que els acompanyaven es van aturar a saludar els nostres, i així vam saber que eren d'un IES de la província de Tarragona i que també estaven fent el crèdit de síntesi. Els nouvinguts ens miraven amb interès, igual que nosaltres els miràvem a ells. Els brètols de la nostra classe es van voler fer notar, com era el seu costum, i la Maëlle els va cridar l'atenció.

—No volem cap mena de confrontació amb l'altra escola, queda clar?

Vam menjar macarrons i pollastre arrebossat, i de postres una pera. De seguida que vam acabar, els profes ens van donar permís per anar als bungalous, agafar una llibreta i un boli, i tornar de seguida a l'autocar, perquè a les quatre teníem una visita concertada a les ruïnes d'Empúries.

Pel camí, el tutor va agafar el micròfon que duia incorporat el vehicle i ens va explicar que la visita a les ruïnes seria dramatitzada: hi hauria uns actors que ens guiarien per les restes com si fossin antics habitants de la ciutat romana d'Emporiae durant el segle I després de Crist.

Vam arribar amb mitja hora d'antelació. Feia un dia assolellat i calorós i tothom, per grupets, va buscar refugi a l'ombra dels arbres que hi havia davant de l'entrada a la ciutadella. En Tom va aprofitar aquella estona per parlar amb l'Àlex sobre el tema de l'Enric.

—No ho has d'acceptar —li deia—. Has de parlar amb els profes i dir-los que l'imbècil de l'Enric pretén maltractar-te. Imagina't què pot passar... Tots dos sols a l'habitació... El molt idiota pot convertir-la en una sala de tortura. És capaç de convidar-hi tots els seus amics i fer-te passar una nit de terror i humiliació. No ho has de permetre, Àlex. Nosaltres som un club i t'ajudarem en el que calgui.

L'Àlex va dir que no ens amoïnéssim; que l'Enric havia canviat força des que seien junts a classe i que no hi hauria cap problema.

—A mi aquest estúpid no em fa cap por —va dir en Pau—. Podem dir a la Maëlle que hi dormiré jo en comptes de tu, al bungalou.

—No és necessari, de debò —insistia l'Àlex.

Els nois havien obligat en Harry a canviar-se la samarreta. La nova no és que fos neta, però, si més no, no feia pudor de suat.

—Em penso que serà una visita molt trista —deia el nano—. Suposo que parlaran de com mataven les persones i com la gent es moria de gana...

—Per què ho dius?

—Home, si és una visita dramàtica...

—No ha dit «dramàtica», sinó «dramatitzada», que és diferent.

Els actors eren un home i una dona. Ell es feia dir Caius Aemilius i ella, Iulia Domitia. Representava que vivien a Emporiae i ens volien mostrar la seva ciutat. El problema és que tot allò era una ruïna, i els carrers, les places i les cases, només es podien distingir pels fonaments del terra. Els romans havien construït la seva ciutat al segle I abans de Crist, al costat de l'antiga ciutat grega d'Emporion.

—Per a vosaltres, nois i noies del segle XXI, això que veieu són només restes. Restes d'un valor incalculable i que us ensenyen moltes coses sobre el vostre passat, però restes al cap i a la fi —deia en Caius Aemilius—, però per a nosaltres és diferent: la Iulia i jo tenim la capacitat de veure-ho tal com era abans. Veiem les cases; veiem el fòrum; veiem córrer l'aigua que proveeix la nostra ciutat pel seu avançat sistema de canalització. Veiem fins i tot els seus habitants, perquè podem veure els morts amb la mateixa nitidesa com veiem els vius...

L'Iker es va quedar de pedra. Jo el tenia davant, i el pobre nen no va saber com reaccionar. I si resultava que aquell parell de romans vestit amb toga descobrien que l'acompanyava una morta? Tot era teatre, però per a l'Iker, tan influenciable i tan visionari, allò podia ser un mal averany. L'imbècil d'en Tito Casona va dir que entre nosaltres també n'hi havia un que en veia, de morts, però el tutor el va fer callar de seguida. Els actors ens van convidar a fer un recorregut per la seva ciutat fantasma.

La veritat és que va ser molt interessant. Els profes

havien anunciat que no calia agafar apunts durant la visita i que faríem una activitat a la llibreta dins del museu. Però la visita va durar dues hores, i al final hi havia companys que ja n'estaven fins al monyo de veure pedres i volien tornar al càmping. Els profes no es van voler buscar complicacions el primer dia, i van decidir no fer-nos fer cap treball al museu i deixar-nos una estona lliure. Vam anar en autocar fins al poble de l'Escala. Davant d'un monument a una cobla sardanista que hi ha al costat de la platja, el tutor va informar-nos que disposàvem d'una hora per berenar o passejar.

—No cal dir que està terminantment prohibit banyar-se. Us podeu treure les sabates i córrer per la sorra, però sense ficar-vos a l'aigua. Queda clar? Demà tindrem molta estona per gaudir del mar.

Els del club ens vam acompanyar a una escullera i vam seure en un pedrís similar al del col·le, però de cara al mar.

—Quina tranquil·litat! —va exclamar en Tom—. Sense classes, sense deures, sense pares ni avis... Només l'horitzó i els amics! Això és vida!

—Vosaltres us penseu que ens deixaran una estona lliure després de sopar? —va preguntar la Marga.

—Segur que sí. Potser hi ha un futbolí al bar del càmping.

—L'any passat, a l'hotel de les colònies de sisè, hi havia discoteca i tot.

—Jo ja en vaig tenir prou de ballar a la festa de la Pajarica —va remugar en Harry.

Els alumnes de l'altre IES va resultar que eren de Tortosa. No deien *nen* o *nena*, sinó *xiquet* i *xiqueta*. També deien *natros* en comptes de *nosaltres* i *vatros* en lloc de *vosaltres*. Després de sopar ens van deixar lliure fins a les onze, i vam conèixer un grup de tortosins molt simpàtics. Ens van explicar que aquella tarda havien visitat els aiguamolls de l'Empordà, on nosaltres aniríem l'endemà. Vam seure tots junts al bar del càmping, on podíem consumir (pagant, és clar) qualsevol cosa llevat d'alcohol. La Maggie Simpson va demanar un cubata, però el cambrer li va dir que només estava autoritzat a servir begudes alcohòliques si el DNI del client assegurava que tenia els divuit anys fets. La Maggie no els tenia, és clar, i es va haver de conformar amb la coca-cola sola, com tothom. Als de Tortosa els va fer molta gràcia que en Tom i en Jerry s'assemblessin tant. Van anunciar que al seu grup hi havia dues bessones i un d'ells les va anar a buscar. Eren dues nenes força diferents i gens espectaculars. Però, tot i així, l'Assump es va posar una mica gelosa quan algú va comentar, fent broma, que els bessons es podrien aparellar amb les bessones.

En Pau i l'Àlex van tenir força èxit entre les tortosines, però totes ens preguntaven com es deia «este xiquet tan majo del pullòver taronja», que era l'Enric Mitjà, és clar, el nen més eixerit de l'escola. La Carla va parlar molta estona amb un nano negre com el carbó, que va explicar que la seva família provenia del Senegal. A la Carla, segons l'Àlex, tot el que era fosc l'entusiasmava.

Els profes ens van venir a buscar per anunciar que la primera jornada estava arribant a la seva fi i que calia anar a dormir per estar ben desperts l'endemà.

Evidentment, la Tarta es va negar a dormir amb els nois. Primera, perquè els profes ho prohibien; i segona, perquè es veia incapaç de suportar la pudor d'en Harry. L'Assump em va demanar que em sacrifiqués per ella, i li vaig dir que ni pensar-ho: si volia dormir amb en Jerry, ho haurien de fer al mateix llit.

—Au va, nena! Com vols que ens fiquem junts al llit davant vostre?

Com a solució, en Jerry es va inventar una mena de joc: tots els nois passarien al nostre bungalou i cadascú dormiria al llit amb una nena.

—I una merda! Jo dormo sola! —es va plantar la Marga.

—J... J... Jo t... t... també! —la va secundar la Tarta.

Total, que cadascú va dormir al llit que li tocava. Els profes van fer guàrdia. Cada pocs minuts sentíem la Maëlle o el tutor advertint l'Enric, en Tito i l'Òscar que si intentaven tornar a sortir del bungalou els enviarien de tornada a Barcelona.

—Que ja n'estem farts! *Ça suffit pour ce soir!*[1] —els escridassava la Maëlle—. En el meu estat em convé descansar i no posar-me nerviosa!

—Doncs si va de part, que no compti amb mi —va remugar la Marga al llit del costat.

A les quatre o les cinc de la matinada, algú va picar

1. *Ja n'hi ha prou per aquesta nit!*

a la nostra porta. Jo vaig pensar que es tractava d'en Jerry. L'Assump dormia com un tronc i no es va despertar. El nen no parava de picar i semblava que jo era l'única que el sentia. Vaig obrir la porta d'una revolada, disposada a escridassar-lo, però va resultar que no era en Jerry, sinó una ombra llarga i negra amb unes boles blanques que brillaven en la foscor.

—Carla?

Era el senegalès. Li vaig dir que la Carla dormia; que tornés a la seva habitació, que no eren hores per anar a picar portes.

—És que havíem quedat —em va dir.

—O te'n vas o desperto els profes —el vaig amenaçar.

El nen va marxar. Però al cap de tres minuts va tornar a picar a la porta.

—Què passa ara? —li vaig demanar, molt enfadada.

—Que m'he quedat tancat a fora. Pico al meu bungalou i no em senten.

—No és el meu problema.

—Però fa fred! I vaig descalç! Deixa'm entrar, per favor.

—Aquí no sobra cap llit! Tots estan ocupats!

—És igual. Dormiré a terra, sobre una manta.

Estava tan cansada que el vaig deixar entrar. Em vaig ficar al llit i em vaig quedar adormida de seguida.

Al cap d'una estona van tornar a picar, aquest cop ben fort. Vaig sentir que les meves companyes rondinaven, però cap d'elles no semblava tenir pressa per llevar-se.

—Obriu-me, nenes! Sóc la Maëlle! Són les vuit! *Bon jour!*[2]

Em va tornar tocar a mi. Vaig obrir la porta i ja era ben de dia.

—A llevar-vos, mandroses! Tenim un programa ben atapeït avui! —va dir la profe, i de seguida va entrar al bungalou disposada a sacsejar-les totes si era necessari.

Quan va arribar al llit de la Tarta, va descobrir el senegalès sota els llençols.

—Però què hi fa aquest paio aquí? —va exclamar.

La Tarta va obrir els ulls i es va trobar una cara negra damunt del seu coixí. La pobra va xisclar, esporuguida, i el nano es va despertar de cop.

—Es pot saber què hi fa aquest nano al teu llit, Mireia?

L'Assump, la Marga i la Carla s'havien despertat amb la cridòria. Totes es van incorporar per mirar, atònites, l'estranya parella. La Tarta, no se'n sabia avenir i no parava de xisclar com una beneita.

2. *Bon dia!*

El medi natural

Durant l'esmorzar, no es parlava d'un altre tema. Els professors de Tortosa, els nostres, la Tarta i el senegalès es van reunir en un bungalou per aclarir què havia passat (que ell s'havia quedat tancat; que jo l'havia obert; que tenia fred a terra i es va ficar al llit de la Tarta pensant-se que era el de la Carla...). Les taules de l'esmorzar van tenir una única protagonista, la Tarta, pobreta, ella que no deia mai res i que ningú se la mirava tret del dia que donaven les notes. Estava vermella com un tomàquet i no gosava alçar els ulls del plat on ens havien servit unes torrades amb mantega i melmelada. De mica en mica, van començar els comentaris. Els nens som cruels per naturalesa. La pobra Tarta no s'atrevia ni a respirar, i no entenc com no s'ennuegava. Endrapava com una autòmat mentre resava perquè s'acabés l'esmorzar i aquell suplici. Quan anàvem cap a l'autocar, en Harry encara es preguntava, en veu alta i davant d'ella, de quin color seria el nen que naixeria: si seria més aviat blanc o més aviat negre.

L'Iker, darrere nostre a l'autocar, feia cara de pena.

—Has dormit amb la teva xicota? —li vaig preguntar.

—Si ves, quin remei —va dir, encongint-se d'espatlles—. La Tarta no ha estat l'única que ha dormit acompanyada.

—I has pogut agafar el son?

—Ho he intentat. Fa massa poc que ens coneixem per dormir junts. Però tots els llits estaven ocupats. No podia fer-la dormir a terra...

—Si el teu pare ho sabés, et mataria.

Els aiguamolls de l'Empordà és un parc natural que es troba a la confluència dels rius Muga i Fluvià. Ocupa una superfície de més de 4.500 hectàrees, que inclouen 800 hectàrees de reserva natural, als termes municipals de l'Armentera, Castelló d'Empúries, l'Escala, Palau-saverdera, Pau, Pedret i Marzà, Peralada, Roses i Sant Pere Pescador. Tenen un centre de documentació situat entre Castelló d'Empúries i Sant Pere, on reben els visitants i comencen les visites guiades i els tallers sobre el medi ambient. Allí ens esperaven els monitors, l'Andreu i la Iolanda, molt simpàtics, que ens van donar la benvinguda i ens van explicar la ruta que faríem i les aus que, amb una mica de sort, podríem observar des dels miradors. La Iolanda va anunciar que triaria a l'atzar un de nosaltres per fer de portaveu i secretari, i va tenir la mala sort d'anar-se a fixar en en Tito Casona. El tutor s'esforçava a fer-li senyals amb el cap perquè en triés un altre, però la noia no se'n devia adonar.

—Com et dius, noi? —li va preguntar.

—Tito.

—Molt bé, Tito. Tu seràs el nostre interlocutor durant la visita. Primer de tot, volem que ens diguis quines coses fas tu, a Barcelona, per contribuir a la protecció del medi ambient.

A mi se'm van ocórrer diverses coses que feia precisament per a tot el contrari.

—Jo? Doncs... No ho sé... Estimo els animalons...

Estima els animalons? Caçar gats, ruixar-los amb una mànega, llançar-los pedres, disparar l'escopeta de balins contra els estornells, ventar puntades de peu a un colom ferit i tallar cues de sargantanes i ales de mosca és estimar els animalons?

—... i també reciclo... —va continuar en Tito, davant les mirades estupefactes dels companys.

Recicla? Llençar els papers a terra, pintar amb esprai de grafiter les parets del voltant de l'escola, cremar contenidors i papereres, trencar ampolles de vidre a cops de *skate* és reciclar? Aquell idiota estava enredant la pobra monitora amb tantes mentides!

—Veig que fas moltes coses bones, Tito —va felicitar-lo la Iolanda—. Si no hi hagués gent tan conscienciada com tu, el nostre planeta patiria molt.

—Si tots fossin com ell —em va xiuxiuejar en Tom a l'orella—, el planeta seria un abocador de merda.

Durant la visita va fer una calor espantosa i vam suar de valent. La majoria dúiem una gorra, tal com ens havien aconsellat els profes quan ens van donar la llista del que havíem de dur a l'excursió, però gairebé ningú no duia ampolles d'aigua i teníem una set que ens moríem. Els ocells també devien estar morts de calor i per això no en vam veure pràcticament cap quan, des dels miradors de fusta i amb l'ajuda d'uns binocles que els monitors duien penjats del coll, provàvem de distingir-los. Ens van explicar els cicles migratoris: d'on venien i on anaven els ocells que feien estada al parc en diferents èpoques de l'any. També comentaven la vegetació, les característiques de l'aigua i els bassals on abeuraven i els diferents arbres i matolls en els quals es refugiaven. Un tema important era la quantitat d'insectes que hi havia a la zona, necessaris també per a l'alimentació de les aus. N'hi havia tants que, especialment a l'estiu, s'havien de precintar algunes zones per evitar que els visitants quedessin farcits de picades.

Vam fer un munt de fotografies i, finalment, vam poder admirar, de relativament a la vora, les evolucions d'uns abellerols preciosos amb el plomatge de molts colors. Cansats i morts de set, vam tornar al centre quan ja era gairebé la una del migdia. Ens van donar un dossier explicatiu i els profes ens van convidar a donar les gràcies als monitors per la seva informació i la seva paciència. Abans de pujar a l'autocar, la Maëlle, que tenia la dèria de comptar-nos una i mil vegades, va anunciar que en faltava un. Va resultar ser l'Òscar Linares, un dels brètols. Ningú no sabia on era, ni tan sols els seus amics.

—Ha dit que tenia set, que estava cansat i que en tenia la pipa plena, de veure matolls i bassals —va dir finalment en Tito Casona.

—I on ha anat?

—No ho sé. Ha dit que s'aturaria a descansar una estona a l'ombra.

El vam esperar quinze minuts, dins l'autocar i sota un sol de justícia. La Iolanda, la monitora, va rebre la trucada d'un dels guardes del parc anunciant la troballa d'un nen perdut.

—Segur que és ell —va dir-li la Maëlle—. És un xaval una mica impresentable, per dir-ho d'una manera fina.

El guarda va arribar acompanyat d'un nano.

—Doncs no, aquest no és —va dir la Maëlle en veure'l—. Deu ser d'una altra escola.

Nosaltres, per la finestra, vam pensar que aquell nano que s'havia perdut devia ser d'una escola d'educació especial, perquè el pobre tenia la cara com deformada. Ens vam quedar al·lucinats quan vam veure que el nano es dirigia cap a la Maëlle, que esperava al costat de la Iolanda fora de l'autocar.

—Pobret. Plora perquè s'ha perdut —va dir la Maëlle, entendrida.

—És estrany, perquè avui no tenim cap altra escola al parc... —murmurava la Iolanda.

—Maëlle, sóc jo —va dir el nano de la cara rara.

—Qui ets tu? —li va preguntar ella, estranyada.

—L'Òscar.

La Maëlle es va vinclar endavant per mirar-se'l de la vora. El rostre d'aquell ésser resultava monstruós perquè tot ell era una gran picada. Com si tres-cents mosquits enormes s'haguessin posat d'acord per atacar-lo a la cara.

—Em pica molt! —ploriquejava—. M'han atacat mentre descansava! Formaven com un núvol de fum negre, de tants com n'hi havia!

—Es pot saber on has anat? Que potser t'has ficat per alguna de les dreceres prohibides? —li va preguntar la Iolanda.

—Em pensava que hi hauria ombra..., jo només buscava ombra per jeure una estona...

Mentre ens dirigíem al dispensari mèdic de Sant Pere Pescador perquè se'l mirés un metge i li donessin un antihistamínic o li posessin una pomada, l'Òscar seia davant de l'autocar, al costat dels profes, amb un mocador enrotllat a la cara i ple de bosses de gel.

—I si la cara em queda deformada de per vida? —preguntava l'imbècil amb un fil de veu.

—Sempre et podràs posar una careta de cartró lligada al clatell amb un goma de pollastre —el va tranquil·litzar el tutor.

Vam dinar de pícnic a la platja de Sant Pere Pescador. Dúiem el banyador posat sota els pantalons i les tovalloles dins la motxilla. El pla era dinar els entrepans i la fruita, després jugar una estona mentre fèiem la digestió i finalment banyar-nos al mar. En aquella zona de l'Empordà, la tramuntana hi bufa de valent i permet que s'hi practiqui el surf, el *windsurf* i el *kitesurf*. La platja és plena de dunes de sorra i les onades conviden a entrar a l'aigua. Vam estendre les tovalloles i vam dinar tots junts, amb els ulls alçats per admirar les evolucions de les veles dels *kitesurfs*. En Tom estava encantat amb la visita dels aiguamolls i no parava de dir que se'n volia anar de Barcelona per anar a viure en un lloc com aquell, tan natural i saludable. L'Àlex, al contrari, es mostrava murri i ensopit des que havíem arribat a la platja, tement el moment del bany.

—Avui és lliure. O sigui, que no m'hi ficaré —em va dir, ben convençut—. Demà no me'n podré lliurar, perquè hi ha les maleïdes activitats de caiac, però avui, passo.

Vaig rebre un SMS de la Pajarica. «*¿Os lo estáis pasando bien? Yo aquí más sola que la una.*»

Els profes havien dut unes pilotes i havent dinat es va organitzar un partit de futbol i un de vòlei platja. Nosaltres, els del club, ens vam dividir en dos grups: els que volien fer castells a la sorra i buscar petxines, i els que ens vam quedar asseguts a les tovalloles prenent el sol. La Marga duia un biquini moníssim, comprat a París. Tenia el cos esvelt i en Tom no podia deixar de mirar-la. L'Assump i la Carla duien banyador d'una sola peça. Els únics que no es van treure la roba van ser l'Àlex i la Tarta.

Quan va haver passat mitja hora, la Maëlle va anunciar que ja ens podíem ficar a l'aigua, però sense allunyar-nos gaire de la vora. Ella duia un banyador blau que no amagava la inflor del seu ventre.

—*Tu viens te baigner, Marga?*[3]

—No.

3. *Et véns a banyar, Marga?*

Realment, la meva amiga estava molt disgustada amb ella i no feia res per dissimular-ho.

L'aigua estava una mica freda, però tots ens esquitxàvem i així va fer menys impressió capbussar-s'hi. Vaig mirar cap a la platja, i només l'Àlex i la Tarta seguien asseguts i en silenci damunt de l'estesa de tovalloles. Vam jugar a passar per sota de les cames dels altres: ens posàvem tots en fila índia, un enganxat rere l'altre, i el primer havia de nedar sota l'aigua i aconseguir superar el túnel de cames. Després vam aconseguir una pilota i vam jugar a vòlei. Va ser molt divertit.

Tot d'una, quan vaig tornar a mirar cap a les tovalloles, vaig descobrir que l'Àlex havia desaparegut. El vaig buscar amb els ulls per la platja, però no era enlloc. De seguida vaig sentir la cridòria del tutor.

—La mare que us va matricular! Voleu fer el favor de deixar-lo! No! A l'aigua vestit, no!

Però ja era massa tard: en Tito, l'Òscar convertit en el monstre de les picades i un de segon, arrossegaven l'Àlex, vestit de cap a peus, per la sorra en direcció al mar. L'Enric, molt pinxo, s'ho mirava tot des de la platja, amb els braços encreuats sobre el pit i sense fer res per aturar-los.

Abans que els profes hi arribessin, el pobre Àlex ja era a l'aigua, i en Tito, damunt d'ell, li enfonsava el cap sense deixar-lo respirar. Tots ens hi vam acostar corrent, i els brètols no paraven de riure. Quins bandarres! El tutor i la Maëlle es van enfadar moltíssim.

—Trucarem al director i explicarem el que heu fet!

Sou uns companys de pena! Mai més no us traurem de casa! I tu, Òscar, ja és la segona del dia!

—Però si és una broma! —s'excusava l'imbècil de l'Òscar—. Si no li hem fet mal!

L'Àlex, xop de dalt a baix, s'aguantava les ganes de plorar mentre sortia regalimant cap a la sorra. Tremolava com una fulla i es lamentava que tothom hagués estat testimoni de la seva humiliació. Els profes li van fer treure la roba i van comprovar que no hagués perdut res del que duia a les butxaques. La cartera amb els diners estava més o menys intacta. Completament molla, però no s'havia fet malbé.

Jo estava tan furiosa que, sense pensar-m'ho dues vegades, em vaig acostar a l'Enric Mitjà i m'hi vaig encarar.

—No et fa vergonya, idiota?

—Vergonya de què? Jo no he fet res.

—No l'has defensat! —el vaig escridassar—. Fins i tot em penso que has estat tu qui ha donat l'ordre de tirar-lo a l'aigua!

—Però què dius, nena?

—Ets un covard, Enric. Quan una persona estima a una altra no pot permetre que ningú li faci mal!

Em va mirar amb els ulls com dues taronges i va obrir la boca, però no li va sortir cap paraula. Jo ja ho havia dit, i de seguida li vaig donar l'esquena i me'n vaig anar amb els del club, que buscaven dins les motxilles roba que l'Àlex es pogués posar fins que no s'assequés la seva.

—Jo et deixo la samarreta, però està una mica bruta —li deia en Harry mentre li oferia una peça immunda de cotó plena de taques.

Els ànims es van asserenar. Els profes van obligar els brètols a demanar perdó al nostre amic i prometre-li que mai més no tornaria a passar.

—Segur que tot ha estat idea de l'Enric —va dir en Tom—. Ell també s'hauria de disculpar!

—L'Enric no ha fet res —va dir l'Àlex, amb un fil de veu.

—Que no ha fet res? M'hi jugo el coll que ha estat l'inductor de la malifeta!

—L'induquè? —va preguntar en Harry.

Però l'Àlex va insistir en la innocència de l'idiota número u i en Tom es va posar fet una fera.

—A sobre el defenses! Això és un símptoma evident que reps abusos! Les persones atacades, humiliades i vexades durant molt de temps, tendeixen a perdonar i excusar el comportament dels seus botxins! Síndrome d'Estocolm, en diuen! Si és un cas de manual! Aquests idiotes van sotmetre en Harry i ara et sotmeten a tu, que no te n'adones? Has de reaccionar, Àlex! Has de denunciar-ho! No pots quedar-te de braços plegats deixant-los en una total impunitat!

—Impuquè? —va preguntar en Harry—. És un insult?

Els texans no es van assecar de cap manera, i per això l'Àlex va haver de pujar a l'autocar amb els pantalons de xandall del tutor i un dessuadora d'en Jerry.

Quan vam arribar al càmping i mentre esperàvem l'hora de sopar, cadascú al seu bungalou va fer una redacció sobre la visita al parc natural i va respondre un qüestionari que havia preparat la professora de naturals. De sopar hi havia espaguetis, rodanxes de lluç arrebossades i un gelat de vaset. Els profes van donar permís per quedar-nos desperts fins a dos quarts d'una de la matinada. Hi havia la possibilitat de veure un partit de futbol del Barça que feien a la tele. Després es posaria música per ballar al bar. Els del club vam reunir-nos amb els tortosins, com la nit abans, i la Carla va aprofitar per preguntar a en Jordi, el senegalès, si s'havia enrotllat de debò amb la Tarta, i ell li va dir que no, que només s'havia ficat al llit perquè tenia fred, i que es pensava que la que hi dormia era ella, i no l'altra. Una nena molt baixeta, que es deia Cinta, va pretendre lligar amb l'Iker, potser perquè eren de la mateixa mida. Jo estava segura que ell l'enviaria a pastar fang, però va resultar que no. Què devia pensar la morta, si era allà al bar amb nosaltres? També es deuen posar gelosos, els esperits. Quan vaig tenir la oportunitat, m'hi vaig acostar i l'hi vaig preguntar.

—Hem tallat. Amb la Lali, vull dir —va respondre el nano.

—Heu tallat? Però si estàveu molt enamorats...

—És culpa seva —em va explicar, com si fos la cosa més lògica del món—. M'ha deixat per un altre.

—Què dius ara?

—Sí. Resulta que ahir, a Empúries, es va enamorar d'un esperit romà. Un mort més antic que ella. Aquest matí no ha volgut venir als aiguamolls i se n'ha anat amb ell. Que la bombin.

—T'ha de veure un especialista, Iker. Estàs pitjor del que em pensava.

La nit va ser molt divertida. Els de Tortosa ens van ensenyar a ballar *Paquito el chocolatero*, tots en fila i agafats. Asseguts al voltant d'una taula, algú va explicar la típica història de por: que al càmping hi havia esperits i zombis, i coses d'aquestes que només interessaven la Carla i l'Iker. El nen, però, estava tan engrescat amb la seva amiga Cinta que no hi va parar atenció. Les nenes de Tortosa van proposar que ens escapéssim del bungalou per anar a fer espiritisme amb elles. Es veu que una sabia fer de mèdium, com l'àvia de la Pajarica. En Tom estava excitat. No parava de repetir que es trobava feliç de ser allà amb nosaltres, amb els seus amics, i quan ho deia es mirava la Marga embadalit. Era la primera setmana que la francesa distingia els bessons: en Jerry era el que duia sempre l'Assump enganxada. L'Àlex em feia pena. Estava distant, i seriot. Jo li vaig preguntar si volia explicar-me els seus problemes i ell em va dir que no n'havia de fer res. Idiota com sempre.

En un moment donat, l'Iker va preguntar on era en Harry. Feia estona que no el vèiem ni el sentíem (ni l'oloràvem), i en Pau va dir que l'havia vist anar cap al seu bungalou.

—Potser ha anat a dutxar-se —va dir l'Àlex—. És broma —va afegir a continuació.

En Pau, aquella nit, el tenia sempre a la vora. Al menjador durant el sopar; al meu costat mentre miràvem el partit; agafant-me per l'esquena tot ballant *Paquito el chocolatero*. No em dirigia la paraula, però, estiguéssim on estiguéssim, sempre el tenia a tocar. Ben mirat, potser ni la Marga ni la Carla li cridaven l'atenció i havia tornat al seu ideal inicial de dona, o sigui, a mi. És clar que jo encara no era una dona completa. La meva mare es podia haver estalviat el paquet de compreses.

Mentre suplicàvem als profes que ens deixessin una estona més abans d'anar a dormir, en Harry es va presentar al bar i va demanar a l'Iker que l'acompanyés al bungalou.

—Què passa Harry? —li va preguntar ell, que, definitivament, havia perdut l'interès per les mortes i no parava de flirtejar amb la Cinta.

—És urgent. M'has d'ajudar.

—A què? —li va preguntar en Tom, que estava a l'aguait.

En Harry va abaixar el cap.

—Se m'està morint la cadernera —va dir.

La frase era tan estranya que, si en Harry hagués estat una altra mena de persona, hauríem pensat que parlava en sentit metafòric; una crítica a la fugacitat del temps quan aquest és agradable i divertit. Que tot passa de pressa i que el que és bo s'acaba de seguida. Però era en Harry Porker. Per a ell, una metàfora podia ser una dona fent la cantonada.

—Quina cadernera? —li va preguntar l'Assump.

—La que m'he endut del parc.

—Que t'has endut què?

Vam seguir-lo fins al bungalou dels nois. Dins de la seva motxilla fastigosa i pudent, en Harry hi tenia un ocell.

—L'has robat? —va preguntar en Tom, esverat.

—L'he trobat —el va corregir ell—. Estava a terra, i he pensat que necessitava protecció. La monitora s'ha fet un fart de dir que havíem de protegir el medi, no? Doncs jo m'he posat l'ocell a la motxilla.

—Tu estàs tonto, nen! Aquesta au deu ser d'una espècie protegida!

—Estava tan sol i abandonat... el podien haver trepitjat...

—I per què no has avisat els monitors? Ells haurien sabut què fer per salvar-lo. L'haurien dut al veterinari!

L'ocellet era força petit, grisós, i tremolava com una fulla. Obria i tancava el bec, com si li costés respirar.

—Li has donat menjar? —va preguntar en Pau.

—Una magdalena. L'he esmicolada i li he ficat dins del bec, però l'animalet s'ennuegava.

—Que mono és! —es va admirar l'Assump.

—Molt mono, però aquesta bestiola es morirà si no menja ni beu. La seva mare el deu estar buscant com una desesperada.

—Jo em penso que és orfe —va dir en Harry.

Vam fer conjectures sobre a quina espècie pertanyia. No havia desenvolupat encara el plomatge i una mena de borrissol li recobria tot el cos.

—I si li donem formigues?

—Em sabria tant de greu que es morís —es lamentava en Harry—. Jo volia salvar-lo.

—Aquesta nit no dormiré si sé que hi ha una bestiola agonitzant al llit del costat —va dir en Jerry.

Sort que no va saber que la nit abans havia dormit amb una morta dins del llit de l'Iker.

—I si pateix? No seria millor escanyar-lo?

Vaig suggerir a la Marga que anés a buscar la Maëlle. A ella li faria cas.

—Jo? Ni boja. No vull saber res d'aquella dona.

—L'hem de tornar al seu hàbitat natural —va dir en Tom—. Si aconsegueix sobreviure aquesta nit, demà l'hem de dur als aiguamolls.

—Però demà ens quedem aquí, a Cala Montgó, a fer esports aquàtics.

En Harry va tenir la brillant idea de fer veure que faltava un de nosaltres, i que ben segur s'havia perdut al parc i l'havíem d'anar a recollir.

—Tu ets idiota, nen. Com vols que s'ho empassin, això? Els profes ens han comptat dotzenes de vegades per comprovar que hi érem tots.

I mentrestant el pobre ocell no parava d'obrir el bec com si s'estigués ofegant.

—Vaig a buscar la Maëlle —vaig anunciar.

En Pau, que per variar era al meu costat, va dir que m'hi acompanyava.

La festa encara no s'havia acabat, i els profes xerraven animadament amb els seus col·legues tortosins al voltant d'una taula plena d'ampolles de cervesa. Vaig explicar a la Maëlle que tenia un problema greu i que necessitava ajuda.

—T'ha vingut la regla, Martina?

Em vaig quedar glaçada. Ho va dir en veu alta, davant de tots els profes. Davant d'en Pau. La cara que vaig posar devia ser per pintar-la. Era com si s'hagués aturat la música. Com si enmig d'un silenci sepulcral, tots els ulls s'haguessin clavat en la meva persona. Era com si s'haguessin encès mil bombetes al meu voltant. Com si m'hagués il·luminat de cop i volta com un arbre de Nadal. Era com si, des del cel, hagués baixat un cartell enorme en forma de fletxa que m'apuntava directament al cap i posava: «Aquesta nena no té la regla.» Em volia fondre.

La Maëlle es va incorporar, somrient, i em va acompanyar fora del bar. En Pau ens va seguir.

—En Harry ha robat un ocell —vaig aconseguir vocalitzar, quequejant més que la Tarta.

—Un ocell?

Mentre caminàvem en direcció al bungalou, vaig notar els ulls d'en Pau que se'm clavaven a sobre. Era com un d'aquells personatges de les sèries d'animació a qui li venten un cop i es queda amb un munt d'estrelletes rodant-li per damunt de la closca.

I la dona ho havia dit amb aquella naturalitat! Com si no passés res! Com si fos el més normal del món que, a punt de fer els tretze anys, no tingués la regla! I cap professor no havia fet el més mínim gest d'estranyesa!

—No tens la regla? —em va preguntar en Pau quan la Mäelle entrava al bungalou d'en Harry.

Els del club es van separar de la motxilla perquè la Maëlle pogués veure l'ocell. Primer es va enfadar molt i va dir que allò que havia fet en Harry era una irresponsabilitat molt gran. Després, més calmada, va ser del parer de buscar una solució. El que proposava en Tom, tornar-lo al parc, li va semblar una idea assenyada.

—Un dels profes de Tortosa és de ciències naturals. Li preguntaré què podríem donar a l'ocellet perquè no es mori de gana i set. *Restez ici. Je reviens tout de suite.*[4]

Mentre l'esperàvem, dreta en una racó i allunyada dels meus companys, no parava de preguntar-me qui li havia dit a la professora de francès que jo no tenia la regla. I només havia pogut ser la Marga, és clar. Però... què es pensava aquesta nena estúpida? Com podia anar esbombant a tort i a dret les qüestions privades que jo li havia revelat en un moment de confidència? Ho feien sempre així, a França? Doncs ja es podia anar buscant una altra amiga, vaig decidir, que jo en necessitava una de més discreta.

En Pau, des que ho havia sentit, em mirava encara amb més fixació. Què dimonis devia estar pensant aquell imbècil?

La invasió de profes va ser total. El de Tortosa va dir que possiblement es tractava d'un esparver cendrós i que no estava ferit. Devia haver caigut d'una branca en el seu intent per volar. Després d'amonestar en Harry, els profes es van endur l'ocell.

—Poden quedar-se la motxilla. És com el seu niu —va fer el nano.

4. *Quedeu-vos aquí. Torno de seguida.*

—Li buscarem un refugi més acollidor, gràcies —va fer el tutor, tornant-li.

—Ui! S'ha cagat a dins! —va observar la Carla.

—No ha estat l'ocell. Aquesta porqueria ja hi era d'abans —va reconèixer en Harry.

Humiliada, abatuda, rendida, menyspreada. Tots aquests adjectius es podien aplicar a la meva persona quan vam tornar a la festa del bar, quan ens vam acomiadar dels tortosins (ells marxaven a les 8 del matí cap a la seva ciutat) i quan vaig entrar al bungalou caminant com una autòmat.

—Et passa res, Martina? —em va preguntar la Marga.

Ni de contestar-li vaig ser capaç. Vaig fer que no amb el cap, em vaig treure la roba escoltant les altres xerrant i rient com gallines, em vaig ficar dins dels llençols i vaig tapar-me la cara amb el coixí.

—Ha de venir el teu amic, Mireia? —va preguntar l'Assump a la Tarta—. Vols que li deixem la porta oberta?

—Vés-t... t... te'n a la p... p... orra, nena.

«Tiburón 3»

Em vaig despertar després de patir un malson terrible: en Pau havia explicat a tothom que jo no tenia la regla. Tots em miraven amb cara de pena i m'acompanyaven en el sentiment, com si se m'hagués mort algú de la família. Els cambrers del menjador em preparaven un esmorzar especial a base de proteïnes per accelerar el desenvolupament de les hormones...

Res de tot això no va passar. Els nens estaven com sempre. Idiotes perduts. Vaig esmorzar com tothom, torrades amb mantega i llet amb Cola Cao. El tutor ens va explicar que havíem de recollir totes les nostres pertinences del bungalou. Tornant de la platja, després de dinar, els del càmping ens en deixarien un per canviar-nos, el mateix on guardarien les motxilles i bosses.

—Hem trucat a la Iolanda, del parc. Enviarà algú a recollir l'ocell i el duran al centre de recuperació d'espècies dels aiguamolls.

—S'ha enfadat molt? —li va preguntar en Harry.

—S'ha enfadat, *bien sûr*,[5] però també ens ha agraït

5. *Per suposat.*

que la truquéssim per fer-li saber que teníem l'ocellet i que n'havíem tingut cura —va dir la Maëlle—. No ho tornis a fer, noi. Cada ésser humà té el seu espai, i hem de respectar la natura tal com és. *Tu comprends? Je suis contente d'avoir sauvé l'oiseau.*[6]

Vam carregar les tovalloles a l'espatlla i, a peu, vam caminar fins a la petita platja que hi havia a la vora del càmping. No hi havia gairebé ningú prenent el sol, potser perquè era dia laborable i encara estàvem al mes de maig. Els monitors ens esperaven a la sorra, al costat d'una filera de canoes de color groc d'una o dues places, amb els rems respectius a l'interior. Primer vam fer una mica d'escalfament; uns exercicis i unes carreres divertides, com ara córrer agafant-se el dit gros del peu, o duent un company agafat per les cames i caminant amb les mans, com un carretó. Després ens vam ficar a l'aigua per fer natació. L'Àlex va anunciar al monitor que no es trobava bé, que tenia una mica de febre.

—Poc ens ho han dit pas, els professors —va dir-li el noi, que tenia un accent empordanès molt pronunciat.

—Em trobo fatal —va insistir l'Àlex.

Aleshores li van dir que es quedés assegut a la sorra. Però quan els brètols van descobrir que l'Àlex no es banyava, els va faltar temps per revelar als monitors les causes de l'engany.

—No està malalt —va explicar en Tito—. El que

6. *Ho entens? Estic contenta d'haver salvat l'ocell.*

passa és que és un friki, i es pensa que el mar és ple de taurons. No es fica l'aigua per por que se'l mengin.

Aquell jove devia al·lucinar. Es va estimar més anar a comentar-ho al tutor, que va obligar l'Àlex a entrar a l'aigua i deixar de fer el burro, que ja era prou gran.

—Aquí l'únic que pots trobar són meduses —li va dir el monitor—. Però poc n'és pas l'època. Poc has de tenir por!

En Jerry, en Pau i la Carla nedaven molt bé. Vam practicar tots els estils, crol, papallona, braça i esquena, i ells tres destacaven en totes les carreres. El guanyador, però, sempre era l'Enric. Que bé que nedava aquell idiota! Si semblava un esportista professional!

—Jo no sé com ho fa —s'admirava en Tom—. Fuma com un carreter; és un gandul que es passa els matins dels caps de setmana al llit, però té una potència muscular increïble!

Els perdedors de les carreres eren sempre els mateixos: l'Àlex, la Tarta i la Maggie Simpson, que nedava com un gosset procurant no mullar-se el monyo.

Finalment, els monitors ens van donar les armilles salvavides de color groc i vam rebre unes quantes indicacions per tripular un caiac. Jo m'hauria estimat més una activitat aèria, com ara pilotar un *kitesurf* com els que havíem vist la tarda abans a la platja de Sant Pere Pescador, però el pressupost de les colònies era limitat. Es van repartir les canoes, les d'una i les de dues places. El monitor va intentar fer les parelles, però la cosa no va resultar, perquè en Tito no volia anar amb la Maggie, ni en Jerry volia anar amb l'Òscar, ni la Marga volia anar amb en Harry, etcètera, etcètera, de manera que les parelles les vam fer nosaltres.

—Tu i jo anem junts, oi Martina? —em va consultar en Pau.

Què havia passat perquè aquell nen se'm tornés a enganxar com una paparra?

Amb l'aigua a mitja cama, vam pujar a les embarcacions i vam agafar els rems. A la Tarta li costava molt ficar-s'hi, potser perquè és una mica grassoneta i a cada intent es fotia de lloros dins o fora del caiac. L'Àlex tenia pànic, perquè ens havíem d'allunyar de la platja i remar mar endins darrere del monitor que parlava aquell català tan de Girona. En Pau el va aconsellar que no se separés de la nostra embarcació, que nosaltres el protegiríem.

Devia ser maco veure'ns tots junts, cadascú en el seu caiac, allunyant-nos de la sorra. Els que anàvem en parella calia que compasséssim les remades, perquè, si no ho fèiem alhora, l'embarcació no es movia i donava voltes com una baldufa.

—Així, un-dos, un-dos —m'anava dient en Pau, que seia davant meu—. A la vida tot s'ha de fer així, amb un ritme constant; cada parella ben avinguda, unint esforços per tirar endavant...

—Vols fer el favor de callar, nen! —el vaig interrompre—. Concentra't i rema!

L'aigua va canviar de color mentre avançàvem. Si a la vora era una mica tèrbola i tenia el color marronós de la sorra del fons, després es va transformar en un blau marí fascinant i net, perquè el fons ja no es veia.

—Aquí ja ens cobreix —va dir l'Àlex, que remava al costat nostre.

Un monitor obria la comitiva i un altre la tancava, esperonant els que s'endarrerien perquè remessin amb més força i constància. Era fantàstic pensar que ens trobàvem gairebé en mar obert, surant sobre l'abisme. Era fantàstic per a la majoria, però no per a l'Àlex, és clar, a qui li sentíem petar les dents de la por.

Quan el monitor capdavanter va donar l'ordre de virar per tornar a la platja, es va produir l'incident. Tot va passar de pressa i de manera caòtica. De cop, tres o quatre caiacs van xocar i els seus tripulants van perdre l'equilibri. Les embarcacions van bolcar i els ocupants van caure a l'aigua. Tot era un enrenou de rems, proes alçades, crits, riures, escuma, espeternecs... I el més dramàtic era que el caiac de l'Àlex era un dels afectats.

—No remis! —em va ordenar en Pau—. Deixa'm fer-ho a mi sol, que donarem la volta i anirem a rescatar-lo!

El nen ho va fer bé. Va tenir sang freda i intuïció marinera, perquè la nostra canoa va girar cent vuitanta graus i ens vam encarar al nostre objectiu mar endins: el tumult de braços i rems que xipollejaven. La majoria dels accidentats havien aconseguit tornar a posar l'embarcació dreta, panxa avall, i provaven de pujar-hi, esforçant-se molt perquè no tocaven de peus a terra i era difícil agafar empenta. L'Àlex, però, atordit, no parava de bramar.

I de sobte, mentre ens hi apropàvem, vam distingir una aleta de tauró que s'acostava.

—Què... què dimonis és allò? —va exclamar en Pau.

Si em punxen no em troben sang. Una aleta grisosa s'acostava lentament a l'indret on el pobre Àlex xipollejava com un desesperat. La gent va començar a cridar i a allunyar-se en direcció a la platja mentre els monitors suplicaven calma. L'aleta brillava amb la llum del sol, i quan l'Àlex va descobrir-la, a menys d'un metre d'on es trobava, va fer un crit horrorós i va començar a donar cops de braç, com si volgués nedar però no pogués, fins que, de l'atabalament, es va enfonsar. El monitor, remant com un desesperat, ens va avançar en direcció al nàufrag, que havia desaparegut sota les aigües.

En aquell moment, l'Enric Mitjà es va posar dempeus damunt de la seva embarcació i es va llançar a l'aigua. Va nedar veloç fins al lloc on el cap de l'Àlex s'havia enfonsat i on només quedava una mica d'escuma i bombolles. L'Enric es va capbussar i, després d'uns segons que es van fer eterns, va tornar a la superfície subjectant el cap del nostre company poruc: li havia passat el braç pel voltant del coll.

El monitor es va llançar a l'aigua per auxiliar-los. L'Àlex no parava de moure's i clapotejar, i entre el monitor i l'Enric van aconseguir que s'agafés al caiac i van empenye'l cap al seu interior.

L'aleta de tauró estava quieta. Ens vam fixar que, just al costat, es dreçava una mena de canya de plàstic. Un cop l'accidentat va ser dins del caiac, el monitor va apropar-se nedant fins a l'aleta, va agafar el tubet i el va estirar cap amunt. Enganxat al tubet va aparèixer una mà, i després un braç, i finalment un cap amb ulleres d'anar per sota l'aigua. Era el cap d'en Tito Casona.

L'aleta de tauró era de porexpan pintat de gris i folrat de cinta aïllant transparent. Estava força ben feta i mesurava uns trenta centímetres, de la base a la punxa. Els materials havien sortit del taller de tecnologia, i els seus autors l'havien dut amagada a la motxilla des del dimecres. En Tom no s'ho podia creure.

—El podien haver matat! —protestava davant del tutor i la Maëlle—. És un acte delictiu, premeditat i fet amb traïdoria! Ho tenien pensat des de fa dies!

—Tranquil, Calvó —li deia la Maëlle—. Prendrem les mesures necessàries.

—Quines mesures? Això exigeix un càstig contundent! Han posat en perill la vida d'un dels vostres alumnes! En sou responsables!

L'Àlex jeia damunt de la tovallola. S'havia empassat una quantitat força important d'aigua i estava exhaust. La Marga, de genolls al seu costat, l'acaronava i li apartava els cabells de la cara. El tutor estava parlant amb en Tito Casona, una mica apartats de la resta. El monitor empordanès, que havia carregat l'Àlex en braços per treure'l del caiac i deixar-lo sobre la tovallola, li va fer els primers auxilis. Primer li va prémer fort el ventre perquè el nen expulsés l'aigua que s'havia empassat, i després li va fer el boca a boca. Tots vam quedar una mica descol·locats quan vam veure que els llavis del monitor es dirigien directament cap als llavis de l'Àlex. I encara ens vam quedar més parats quan finalment s'hi van enganxar, com si es fessin un petó.

—Ecccssss... quin fàstic! —va murmurar en Jerry.

Jo no estava tan segura que a l'Àlex li fes fàstic aquella acció si hagués estat del tot conscient.

Quan l'accidentat va treure un parell de glopades, el monitor va dir:

—Ja està. Només li han cardat un bon ensurt. Una broma de mal gust. Poc hauria pas passat res, perquè estàvem a l'aguait i no gaire lluny de la riba.

—Que no hauria passat res? —s'esverava en Tom—. Aquests imbècils que el volien espantar haurien deixat que s'ofegués! Tu no saps com són! Tu no saps la de bajanades que són capaços de fer! I amb total impunitat! N'hi ha per posar una denúncia a l'escola!

—Calvó, no et passis... —va advertir-lo la Maëlle.

Alguns dels companys havien trobat la broma molt divertida. Molts d'ells havien rigut quan el monitor va descobrir en Tito sota l'aleta, subjectant-la amb una mà mentre amb l'altra sostenia el tubet per respirar. Els havia fet molta gràcia. Quan van veure que l'Àlex es trobava bé i estava fora de perill, van continuar jugant a vòlei o van anar a banyar-se. Però els del club estàvem molt disgustats.

—I tot això té un responsable —insistia en Tom—, que és l'Enric. Ell és l'inductor de totes les accions macabres d'aquesta colla d'imbècils. Després fa veure que és el salvador i es llança a l'aigua i el salva. Tot és pura comèdia!

—Però el cas és que, gràcies a ell, el vostre company està bé de salut —va dir el monitor—. Ell l'ha tret, i poc ha deixat pas que s'empassés més aigua.

Jo no sabia què pensar. Estava molt confosa per tot el que sabia, o intuïa, o no sé com dir-ho. Potser en Tom tenia raó i l'Enric havia estat el cap pensant d'aquella malifeta. Era difícil que un nen amb el coeficient intel·lectual d'en Tito Casona pogués planificar una jugada amb tanta antelació. L'Enric sí que ho podia fer, perquè era llest. Imbècil, però llest. Vaig buscar on era. El vaig veure assegut amb les cames plegades tot sol a la seva tovallola, capbaix. Vaig pensar que ningú dels nostres li havia donat les gràcies per salvar l'Àlex de morir-se ofegat. Encara que ell hagués estat l'inductor de la broma, al cap i a la fi ell l'havia ajudat.

La Maëlle ens va ordenar que deixéssim descansar l'Àlex i que anéssim a jugar una estona abans de l'hora de dinar.

—Martina, pots dir a l'Enric que vingui? —em va demanar l'Àlex.

Em vaig acostar a la tovallola de l'Enric.

—Què mires, Air Force One? —em va preguntar ell, malcarat.

—L'Àlex diu que hi vagis.

—Per què?

—Tu sabràs.

Vaig reunir-me amb els meus companys, però sense perdre de vista aquells dos nens que mantenien una relació tan rara. L'Àlex estava ajagut sobre la tovallola i l'Enric, a uns cinquanta metres de distància, assegut com un indi sobre la seva. No es movien. Tot d'una, l'Enric es va posar dempeus i va anar cap a l'Àlex. Van xerrar uns minuts, un dret i l'altre estirat. Després, l'Enric va seure a la sorra i l'Àlex el va imitar. L'un al costat de l'altre. Tan sols i perduts en aquest món tan estrany.

Avaluacions finals i recuperacions

Durant el viatge de tornada a Barcelona, el divendres a la tarda, vaig rebre un missatge preocupant de la Pajarica: «*Nos han robado la canasta.*» Primer de tot vaig pensar que alguns alumnes de tercer o de quart s'havien apoderat del nostre racó durant els dies que vam ser fora. Però, no. Dilluns a les nou, quan vaig arribar a l'escola, vaig veure que la cistella havia desaparegut. No hi era. La pista d'esports del col·le s'havia quedat sense cistelles de bàsquet. A l'hora del pati ens vam trobar al lloc de sempre, una mica desorientats sense la cistella protectora. En Harry va seure a terra.

—La roba està per embrutir, no? D'alguna cosa han de servir les rentadores.

—No ho dius pas per la teva, oi? —li va engegar la Marga.

En Tom s'havia preocupat de saber què passava amb les cistelles.

—Ho he anat a preguntar al senyor Antonio al taller, i m'ha dit que l'AMPA ha encarregat cistelles noves, més modernes i de les que compleixen les mesures de seguretat actuals.

—Això s'hauria de fer a començament de curs, no al final —va observar en Pau.

El nen tenia raó. De què servirien les noves si ara començaven els exàmens i després venien les vacances d'estiu? El final de curs sempre tenia dues cares: d'una banda, era positiu, perquè s'acabava el col·le, i d'una altra era una llauna perquè s'acostaven els exàmens finals de trimestre i les recuperacions, i les notes. En Harry estava amenaçat des de feia mesos i a ningú no li sorprenia la idea que hagués de repetir curs. Ell no volia sentir-ne a parlar, és clar. Deia que faria un esforç i que aprovaria totes les recuperacions.

—Si suspenc, la mare diu que em canviarà de col·le. Que em durà a l'escola on ella anava de petita, una de monges que em faran estudiar. No sé què del cor de les ànimes netes.

—No sé si és el lloc més adequat per a tu —va opinar l'Àlex.

La Pajarica se sentia una mica avergonyida. Havien «robat» la cistella justament quan ella assumia la presidència del club. Va dir que havia lluitat de valent contra els homes que se l'havien enduta. Que va pensar a encadenar-se a la cistella com fan alguns ocupes quan la policia els expulsa de les cases ocupades.

—*Pero el* cap d'estudis *me obligó a deponer mi actitud. Que me largara a jugar con otras niñas o me quedaba castigada hasta fin de curso.*

—Vas trobar amigues durant la nostra absència? —li vaig preguntar.

—Bueno, sí. Estuve con la Croma. Y una nueva de tercero, esa de las gafas gruesas y los brackets.

—¿Esa que parece un monstruo? —va preguntar l'Iker.

—Bueno, sí, pero de cerca no asusta tanto.

Acabava de dir això quan les dues esmentades, la Croma i la dels *brackets*, es van personificar com per art de màgia.

—Hola, Vanesa —la van saludar—. *¿Son estos nuestros socios?*

Com que «*nuestros socios*»? Socis de qui? La Pajarica es va posar vermella. La resta ens miràvem aquells dos fetus de la natura sense voler entendre el que significava la seva presència. La Pajarica es va defensar.

—Yo era la presidenta en funciones, ¿no? Pues tuve que tomar la decisión de admitirlas en el club.

—Admetre-les? Però com se t'acut? —l'escridassava en Tom—. Les incorporacions han de ser aprovades per la majoria en sessió plenària! Tu no ets ningú per fer i desfer sense el nostre consentiment!

—Què s'empatolla aquest brètol? —va saltar la Croma amb la seva veu gutural—. A veure si encara t'hauré de fer una cara nova!

Potser això de Croma no li deien només per l'aspecte primitiu, vaig pensar. Potser tota ella era així, salvatge com un goril·la. Jo l'havia coneguda una mica durant el primer trimestre. La pobra nena era una ressentida de la vida i no deixava canya dreta. No entenc com s'ho havia fet la Lourdes per domar-la i tenir-la asseguda i enfeinada durant els mesos que havia pertangut a la colla de submises del pedrís.

En Tito, l'Òscar i l'Enric van passar per davant nostre.

—Oh! El club de la cistella s'ha quedat sense llar! Quina pena! Sort que hi ha noves incorporacions. Que us reunireu en una caverna, a partir d'ara? —va dir l'Enric assenyalant la Croma—. Que buscareu una cova, com els gitanos del Sacromonte? Poseu aquesta altra a la porta —va afegir, mirant-se la lletja dels *brackets*—, segur que ningú no entrarà a molestar-vos. Quina por.

Aquella tarda, a la sortida del col·le, vaig agafar la Pajarica a banda i li vaig dir que volia parlar-li.

—*No me critiques por lo de las nuevas, Martina. No iba a dejarlas solas con la Lourdes.*

Li vaig dir que no volia parlar d'aquell tema, sinó d'un altre: la cartera de l'Enric. Des que havia aparegut, estava convençuda que ella, la Vane, l'havia robada.

—*¡Pero se la devolví!* —es va delatar de seguida, la molt burra.

—Però, per què ho vas fer? Què hi buscaves, a la seva cartera?

Resulta que la nena havia estat seguint l'Àlex a tot arreu. Des que ell, com a pura estratègia, li havia demanat per sortir a donar un volt abans de Setmana Santa, ella s'havia obsessionat. Volia conquerir el seu cor i que es convertís en el seu xicot, costés el que costés. Va descobrir de seguida que l'Àlex es trobava sovint amb l'Enric Mitjà fora de l'escola. Al parc, al futbolí d'un bar, fins i tot a casa seva. I la nena va intuir que es veien d'amagat, sense dir-nos res a nosaltres. Va pensar que potser l'imbècil de l'Enric l'estava extorsionant, com havia fet amb el porc d'en Harry abans de Nadal. La seva àvia va fer un conjur contra l'Enric que, per variar, no havia funcionat.

—*Pero la abuelita me dijo que allí había algo más. Que si se veían es porque los dos estaban compinchados. Y yo pensé que tal vez el Àlex se estaba convirtiendo en uno de los malos, y no podía permitirlo.*

—I per què li vas robar la cartera a l'Enric?

Em va dir que la seva àvia havia descobert, mitjançant la màgia negra, que potser més que «compinchados» el que estaven era mig enamorats, l'Enric i l'Àlex. Però que calia trobar una prova.

—*Como mi madre siempre lleva una foto de mi padre en la cartera, pensé que tal vez el Enric llevaría una del Àlex.*

—Quina ximpleria...

—*El Àlex no llevaba ninguna de l'Enric. Lo sé porque ya registré su cartera antes, un día que se la cogí sin que se diera cuenta. Pero el Enric sí que llevaba una del Àlex.*

—Una foto de l'Àlex a la cartera?

—*Te lo juro.*

—No m'ho puc creure... I què vas fer?

—*Se la robé. Se la di a mi abuela para que hiciera un conjuro y dejaran de estar enamorados. El Àlex sospechó que yo era la ladrona y se lo dijo al Enric. Por eso vino el día de mi fiesta a que se la devolviera.*

Pel que jo intuïa, aquell conjur tampoc no havia acabat de funcionar. Tota aquella història era ben estranya. Vaig pensar que l'Àlex, el meu amic des de petita, necessitava xerrar amb algú, algú amb dos dits de front, vull dir; algú que l'escoltés i l'aconsellés, si és que ho necessitava. Com que l'endemà teníem l'examen de tercer crèdit de català, li vaig telefonar per preguntar-li si podíem estudiar junts a casa seva. Ell, molt en la seva línia, va dir que tant li era estudiar sol com acompanyat com no estudiar.

La mare de l'Àlex m'apreciava molt. Em coneixia des de feia molts anys i sempre havia pensat, igual que els meus pares, que el seu fill i jo acabaríem sent més que amics. Aquell dia, com sempre que els visitava, em va fer seure una estona amb ella al sofà del menjador perquè li expliqués com anava l'escola i com estava la meva família. L'Àlex no va fer acte de presència: em va saludar amb un «hola» des de la seva habitació, però no va venir a seure amb nosaltres.

—Quina valoració en fas, del teu primer any a la secundària, reina? Et pensaves que seria més difícil? Ja sé que esteu en una edat tonta, Martina, que descobriu un munt de coses que ben segur us fan perdre la concentració en els estudis, però cal ser constant i no perdre la realitat de vista, no et sembla? Hi haurà temps per tot; hi ha més dies que llonganisses, però heu d'entendre que primer són els estudis; que sense l'ESO no aneu enlloc, i menys ara, que la gent surt preparada i hi ha molta competitivitat. Encara ets una apassionada dels avions?

La dona se n'anava d'un tema a l'altre sense parar i jo m'estava posant nerviosa. Sort que l'Àlex va treure el cap per la porta i li va dir que tallés el rotllo i que no fos tan pesada.

—Ho veus? —va fer ella—. Aquesta és l'actitud habitual del meu fill. Si ja dic jo que esteu en una edat ben ximple...

—Anem a l'habitació, Martina —va dir l'Àlex.

Vam seure a la taula on tenia els llibres oberts. Primer vam repassar els pronoms febles. Després ell va dir que era un pal i que per què no jugàvem una estona a la consola.

—Què passa entre l'Enric i tu? —li vaig preguntar, de cop i volta.

Ell em va mirar com si no entengués la pregunta, però es va posar vermell com un tomàquet.

—No dissimulis, Àlex, que et conec bé. Sé que hi ha alguna cosa secreta que no em vols dir. La Pajarica us ha vist junts a tot arreu. I els de la colla no en saben res, d'aquestes trobades misterioses. M'agradaria que confiessis en mi. Saps que mai no faré res que et pugui perjudicar.

—No passa res amb l'Enric! —va exclamar—. Què coi hauria de passar? L'Enric és un imbècil, com sempre!

—I aleshores, per què quedeu fora de l'escola? No serà pas que tu te n'has... o sigui... que tu i ell, potser, sense saber-ho...?

—Però què dius, nena! —em va tallar, escridassant-me—. Què... què redimonis penses? Com se t'acut que... jo i....

En aquell moment la seva mare va entrar a l'habitació.

—Àlex, ha vingut l'Enric —va anunciar.

Ja no vermell, sinó morat, es va posar l'Àlex quan l'Enric va entrar a l'habitació. El paio es va quedar molt tallat quan em va veure allí asseguda a la taula.

—Air Force One... —va murmurar.

Jo crec que l'Àlex es va encongir uns deu centímetres. Físicament, vull dir. Estava en un procés de disminució corporal que tendia a la desaparició completa de la seva persona. L'Enric, pinxo com sempre, de seguida va superar la situació.

—No em digueu que estàveu estudiant. Al·lucino.

És clar, com que ell no obria mai un llibre... Això d'estudiar li devia semblar d'extraterrestres. Va proposar jugar a la consola. «Per això he vingut, no?», va dir. L'Àlex no va obrir la boca. I jo vaig fer el cor fort i m'hi vaig quedar.

Vam seure tots tres al llit de l'Àlex. Jo em vaig col·locar al mig de tots dos, per si de cas. No vaig fer preguntes. No vaig fer comentaris. I ells tampoc. Al cap d'una estona, la mare de l'Àlex va treure el cap per la porta.

—Que et vols quedar a sopar, Martina?

—No, gràcies. M'esperen a casa.

—Tu et quedes, rei? —va preguntar a continuació a l'Enric.

—Si et va bé sí, Cristineta —va respondre l'Enric.

—Faré espaguetis, que sé que t'encanten.

No m'ho podia creure. Vaig mirar de reüll l'Àlex, que seia a la meva dreta. Tornava a estar vermell com una cirera. Quantes vegades l'imbècil de l'Enric es devia haver quedat a sopar a casa de l'Àlex? Quin nivell de confiança hi havia entre ell i la seva família perquè anomenés «Cristineta» la seva mare, i ella li digués «rei»? I just aleshores, quan acabàvem una partida entre l'Enric i jo, aquest va passar el comandament de la consola a l'Àlex.

—Té. Ara et toca tu, Titi.

«Titi». Li va dir «Titi». La meva mare de vegades diu «Chichi» al meu pare. La Sònia, la meva germana, de vegades diu «Xurri» a l'Oriol, el seu xicot. La meva tieta diu «Nini» al meu oncle, que és un *exheavy* metal.

Mentre seguia, al·lucinada, la partida entre l'Enric i el seu «Titi», vaig experimentar una punxada fortíssima a l'estómac. Com si, de cop i volta, m'agafessin unes cagarrines incontrolables.

—Ui! —se'm va escapar.

—Què passa? —va preguntar l'Enric.

I de seguida se'm va escapar un altre «ui!», i em vaig agafar fort la panxa, mig marejada pel dolor estrany. Vaig esbufegar, provant de mantenir la respiració i dissimulant el meu astorament. Em vaig incorporar d'un bot.

—Em penso que he d'anar a casa —vaig anunciar amb una veueta molt fina i gemegant.

L'Enric i l'Àlex m'observaven sense saber què dimonis passava. Em va fer l'efecte que mullava una mica les calcetes.

L'endemà, mentre esmorzava abans d'anar al col·le, la mare no podia evitar un somriure maliciós.

—Ho veus, dona? *Más vale tarde que nunca.* No saps com n'estic, de contenta! Et trobes bé, tresor meu? Vols que per sopar preparem alguna cosa especial?

—No calen celebracions —vaig remugar.

—Estic tan feliç, Martina! —va insistir ella—. Ja ets tota una dona!

Jo, la veritat, és que estava tant o més contenta que ella. Oh! Quin dia més fantàstic! Ja érem al mes de juny. El cel era blau i a les nou del matí circulava un aire dolcíssim! Oh, que maca la llum del sol a la cara de la gent que anava a la feina!

A la burra de la meva mare li havia faltat temps per trucar a la seva amiga, la mare de l'Assump, i donar-li la bona nova.

—Martina! —em va abraçar la nena, a les portes de l'escola—. Estic molt feliç! Ho veus com no calia amoïnar-se? Cadascú fa la crescuda quan toca. La naturalesa és sàvia!

En Pau arribava en aquell moment acompanyat de l'Iker i la Carla. Que guapo estava en Pau! Que bé li quedaven les samarretes de màniga curta a l'estiu! Que bé li quedaven les bermudes! Ja tenia força pèl a les cames, un borrissol agradable i rossenc que brillava amb la llum del sol.

—Hauries de dir a la teva amiga que sigui més discreta —em va dir la Carla mentre em mostrava l'SMS que l'Assump li havia enviat: «La Martina ja té la regla»—. Vés a saber quanta gent l'ha rebut.

Ho vaig saber de seguida i, per sort, només havien estat les noies. La Pajarica m'esperava amb un pom de flors que havia robat d'una jardinera mentre venia cap a l'escola. La Marga em va abraçar ben fort.

—Hem de tornar a ser amigues com abans, Martina! Res no ens ha de separar!

L'examen de català em va sortir perfecte. Del treball de plàstica em van posar un nou. Em vaig presentar com a voluntària per preparar la festa de l'escola. Fins i tot a la nena dels *brackets*, que es deia Lídia, la vaig trobar més graciosa mentre me la mirava aquell migdia, durant el pati, drets al lloc on hi havia hagut la nostra cistella.

—És un problema hormonal —em va xiuxiuejar la Croma a l'orella—. Quan la Lídia tingui la regla, em penso que se li arreglarà una mica la cara.

La Croma ja feia anys que tenia la regla, però la veritat és que el canvi hormonal no li havia fet cap efecte: era lletja com una troglodita.

—Encara no la té?

La Croma va fer que no amb el cap. Pobra nena! I ja feia tercer d'ESO! Un instint maternal de protecció em va sacsejar per dins. Em vaig acostar a la Lídia i li vaig preguntar com li anaven els exàmens.

—No t'hi acostis tant, que potser es contagia —va fer en Harry.

Poca-soltes. La Lídia era una mica guerxa. A més a més de les ulleres de cul de got, els *brackets* i la mirada desviada, els grans li acabaven de donar aquell aspecte tan poc agradable. Li vaig suggerir que parlés amb la Carla, que ella tenia esperit d'esteticista, però que no es deixés fer res gòtic, que el seu rostre ja era prou irregular com per fer-hi experimentacions.

—Martina —em va preguntar la Marga—, t'has fixat mai que en Tom em mira molt?

«A tu què et sembla», vaig pensar. Ara, per fi, ella s'hi fixava. O es fixava que ell s'hi fixava, i per alguna cosa es comença. L'Iker mostrava, cofoi, un mail imprès que havia rebut de la Cinta, la nena de Tortosa de les colònies.

—Sí, és simpàtica —reconeixia—. Però potser... per a mi, vull dir, és una mica massa... està una mica massa...

—Viva? —li vaig preguntar.

En Tom (o, millor dit, qui havia substituït en Tom) no va superar la prova eliminatòria de l'olimpíada matemàtica. Sempre tindria l'opció de tornar-ho a intentar l'any següent.

—O no —va opinar l'Assump—. Millor no perdre el temps amb números i aprofitar-lo per fer coses més interessants. No et sembla, Jerry?

Tots estàvem una mica sonats, sens dubte, però el món era meravellós aquell dia. Quina bonança! Quina alegria a les cares! El pedrís del pati s'havia buidat des que la Lourdes va perdre influència sobre les apocades, i l'Assump, definitivament, havia apostat per quedar-se al nostre costat. Bé, al costat d'en Jerry, sempre enganxada a ell com una paparra. A dues de les apocades ara les teníem entre nosaltres, cosa que provocava la ira dels nens.

—És que només se salva la Marga! —remugava en Tom—. Les nenes del club són cada cop més lletges!

La pista d'esports s'havia omplert de companys de l'ESO que jugaven a futbol (a bàsquet ja no, és clar, perquè no hi havia cistelles). Aquell migdia m'entendria escoltar els seus crits de joia, les seves exclamacions, fins i tot els insults que es dirigien els uns als altres amb alegria. Si el xut es desviava i la pilota queia damunt nostre i ens donava un cop a les cames o als braços, aleshores els insults que s'escoltaven procedien de la boca de la Pajarica.

—Quin llenguatge, Vanesa! —li deia en Tom—. T'asseguro que no sé d'on treus aquest vocabulari tan groller! Si per cada renec que dius sonés un xiulet, com fan de vegades a la tele, et convertiries en una alarma.

—*Que esos «piiiiiiiiiiiiiiiiiiiiii» se metan la pelota por «piiiiiiiiiiiiiiiiiiiiii»* —va fer en Jerry.

—*Pues yo no le veo la gracia* —va dir la nena, enfadada.

Entre els jugadors de futbol hi havia l'Enric Mitjà. Jo era l'única que sabia que ell i l'Àlex eren amics. Amics dels que es queden a sopar a casa i que es fan dir «Titi». En Tom es quedaria al·lucinat si ho sabés. La tarda anterior, quan vaig arribar a casa i després de posar-me la primera compresa de la meva vida, l'Àlex em va telefonar per preguntar què m'havia passat, li vaig dir la veritat.

—L'Enric ho ha endevinat —va dir ell—. És el primer que ha dit: «A l'Air Force One li ha vingut la regla.»

—Es quedarà a sopar a casa teva? —li vaig preguntar jo.

—Sí. Està ajudant la meva mare a fer l'amanida.

—No m'ho puc creure.

L'Àlex em va demanar que no revelés mai a ningú la seva amistat amb l'Enric.

—Però, com pots ser tan amic d'aquest idiota? És que no s'entén, Àlex.

—Ja ho sé. Hi ha moltes coses que no s'entenen.

—I els seus col·legues imbècils saben que us veieu fora del col·le?

—No. Jo no ho explico als meus amics i ell no ho explica als seus. És el pacte. I no és tan idiota —va afegir—. De fet, si et dic la veritat, és com si fossin dos Enrics diferents, l'imbècil i l'altre. Jo sóc amic de l'altre.

—Però em pregunto què t'agrada d'ell. I a ell, què li agrada de tu. No us assembleu en res. Sempre heu estat enemics. Mai no us heu pogut suportar, i ara, de sobte...

—Per això ens vam barallar abans de Setmana Santa —em va confessar l'Àlex—; a tots dos ens feia ràbia comprovar que ens enteníem bé fora del col·le; que podíem ser amics, tot i haver-nos insultat durant tants anys... Ens feia ràbia no entendre-ho, i crec que per això ens vam pegar.

—Els humans som complicats. El meu pare sempre ho diu —li vaig confessar, donant-li la raó.

L'Àlex, aquell migdia sota la cistella invisible, discutia amb en Tom, la Marga i la Carla sobre la impossibilitat de fer tres exàmens en un dia, com estava previst en el calendari de la setmana entrant. Jo, extasiada, com surant sobre un núvol, els sentia malparlar dels profes i del cap d'estudis, i pensava que la vida era meravellosa, que els amics eren fantàstics, i que era la persona més feliç de la terra.

—Et trobes bé? —em va preguntar en Pau.

Era darrere meu, menjant un entrepà de formatge.

—Vine —li vaig dir—. Acompanya'm a donar una volta.

Vam abandonar la colla i vam creuar la pista d'esports. D'amagat dels profes que vigilaven el pati, ens vam dirigir a la zona on jugaven els de primària.

Al pati de dalt hi havia pins, i el terra no era asfaltat, sinó de sorra i capes de pinassa. Al pati de dalt hi havia jugat sempre de petita. En una de les parets de pedra de la tanca hi havia un forat que aleshores jo feia servir d'amagatall de tresors. Feia més d'un any que no havia tornat a la paret del forat. Feia més de cinc anys que no hi deixava res. Així mateix ho vaig explicar a en Pau.

—Què et sembla si hi deixem alguna cosa? Alguna cosa teva i alguna cosa meva —li vaig proposar.

—Per què?

—No ho sé. Serà el nostre secret.

En Pau es va posar les mans a les butxaques de les

bermudes. Va treure la cartera, les claus de casa, una moneda d'un euro i un paper de xiclet.

—Tens alguna foto de carnet, per exemple? —li vaig suggerir.

Va arrancar la que hi havia grapada en un carnet caducat de la piscina municipal del barri. Se l'havia feta, segons em va dir, quan va començar l'ESO, o sigui que ja feia dos anys. Mentre jo en treia una de meva de la cartera, vam descobrir la Maëlle, la professora de francès, dreta i envoltada de les professores de primària, la majoria de les quals duien posada una bata. La Maëlle s'havia aixecat el jersei i mostrava la panxa inflada a les seves col·legues. Elles, rialleres i meravellades, hi posaven una mà a sobre.

Va ser només un segon. Les nostres mirades van coincidir. La Maëlle, molt serena, amb una mà sostenia el jersei per sobre del ventre i amb l'altra feia com si s'abracés la panxota. Em va picar l'ullet, i jo la vaig correspondre amb un somriure.

—Ens veurem durant l'estiu? —em va preguntar en Pau.

—No ho sé.

En Pau va abaixar els ulls.

—Passo els estius a Montagut, un poble de la Garrotxa —vaig afegir.

—Hi deu haver tren o autobús —va fer ell—. Vull dir que se't pot venir a visitar, oi?

—No. Els pares em tanquen en un monestir de clausura.

—Segur. Ets burra.

—I tu més.

Vam deixar les fotografies al forat dels tresors. Després, en Pau i jo vam tornar al pati de l'ESO. Quinze dies abans que s'acabés el curs i comencés l'estiu, perduts enmig del no-res en un extrem de la pista d'esports i emparats per una cistella fantasma, els nostres amics del club ens van veure arribar.

No sé per què, però vaig immortalitzar aquell moment dins del meu cap.

I sé que no s'esborrarà mai, per molts anys i moltes coses, bones o dolentes, que em passin a la vida.

Àngel Burgas

(Figueres, 1965.) Se sent atret des de ben jove per la lectura, l'art i el teatre. Estudia Belles Arts a la Universitat de Barcelona. Des de llavors, resideix en aquesta ciutat, excepte durant dos anys, que es trasllada a Berlín per estudiar a la Höchschule der Kunste (Escola Superior d'Art). Després del seu retorn, compagina l'ensenyament amb l'escriptura, tant per a joves com per a adults. A La Galera ha publicat *L'anticlub* (2002), *M.A.X.* (premi Joaquim Ruyra 2003), *El club de la cistella* (Premi Josep M. Folch i Torres, 2006) i *Una cançó per a Susanna* (2008). També ha adaptat clàssics per a àlbums il·lustrats, com *Alícia i el país de meravelles* (2007) i *El cas misteriós del Dr. Jekyll i Mr. Hyde* (2007). L'any 2008 obté el primer premi La Galera Jóvenes Lectores per *Segon trimestre.*